TRANZLATY

El idioma es para todos

Jazyk je pre každého

Las Aventuras de Alicia en el País de las Maravillas

Alicine Dobrodružstvá v Krajine Zázrakov

Lewis Carroll

Español / Slovenčina

Por la madriguera del conejo
Do králičej nory

Alicia empezaba a cansarse mucho
Alice začínala byť veľmi unavená
Estaba sentada junto a su hermana en el banco de hierba
Sedela vedľa svojej sestry na trávnatom brehu
Pero ella no tenía nada que hacer
ale nemala čo robiť
Su hermana estaba leyendo un libro
jej sestra čítala knihu
una o dos veces Alicia echó un vistazo al libro
raz alebo dvakrát Alice nahliadla do knihy
Pero el libro no contenía imágenes ni conversaciones
ale v knihe neboli žiadne obrázky ani rozhovory
«¿De qué sirve un libro sin imágenes?», pensó Alicia
"Načo je kniha bez obrázkov?" pomyslela si Alica
"¿Por qué un libro no tendría conversaciones?"
"Prečo by kniha nemala viesť žiadne rozhovory?"
Pero tenía otras cosas que considerar
ale musela zvážiť aj iné veci
"Hacer una cadena de margaritas sería un placer"
"Vyrobiť reťaz sedmokrások by bolo potešením"

"¿Pero vale la pena el esfuerzo de levantarse y recoger las margaritas?"
"Ale stojí to za námahu vstať a zbierať sedmokrásky??"
No era tan fácil pensar en esto
Nebolo také ľahké o tom premýšľať
porque el día la estaba haciendo sentir somnolienta y estúpida
pretože v deň sa cítila ospalá a hlúpa
Pero de repente sus pensamientos se vieron interrumpidos
ale zrazu sa jej myšlienky prerušili
un conejo blanco de ojos rosados corrió cerca de ella
Biely králik s ružovými očami bežal blízko nej

No había nada demasiado notable en el conejo
Na králikovi nebolo nič prehnane pozoruhodné
y Alicia tampoco pensó que el conejo fuera notable
a Alica tiež nepovažovala králika za pozoruhodného
ni le extrañó que el Conejo hablara
ani ju neprekvapilo, keď Králik prehovoril
"¡Oh, Dios mío! ¡Llegaré demasiado tarde!", se dijo a sí mismo
"Ó, bože! Prídem neskoro!" povedal si

pero entonces el Conejo hizo algo que los conejos no hacían
ale potom Králik urobil niečo, čo králiky neurobili
el Conejo sacó un reloj del bolsillo de su chaleco
Králik vytiahol z vrecka vesty hodinky
Miró la hora y luego se apresuró a seguir adelante
Pozrel sa ná čas a potom sa ponáhľal ďalej
Alicia se puso en pie, asombrada
Alica sa v úžase postavila na nohy
¡Nunca antes había visto un conejo con chaleco!
nikdy predtým nevidela králika s vestou!
¡Tampoco había visto nunca un conejo con reloj!
ani nikdy nevidela králika s hodinkami!
Alicia ardía con una nueva curiosidad
Alice horela novou zvedavosťou
y corrió por el campo tras el Conejo
a bežala cez pole za Králikom
Llegó justo a tiempo para ver desaparecer al conejo
Bola práve včas, aby videla, ako králik zmizol
El conejo saltó a una gran madriguera
Králik skočil do veľkej králičej nory
¡En otro momento, Alicia bajó detrás del conejo!
O chvíľu išla Alica dole za králikom!
La madriguera del conejo seguía recto como un túnel
Králičia nora išla rovno ako tunel
Y el túnel siguió avanzando a cierta distancia
a tunel pokračoval v určitej vzdialenosti
Y entonces el camino de repente se hundió
a potom cesta náhle klesla
Alicia no tuvo ni un momento para pensar en detenerse
Alica nemala ani chvíľu na to, aby sa zastavila
Se encontró a sí misma cayendo y abajo y abajo
zistila, že padá dole a dole a dole
Parecía como si hubiera caído en un pozo muy profundo
zdalo sa, akoby spadla do veľmi hlbokej studne
O el pozo era muy profundo, o ella caía muy lentamente
Buď bola studňa veľmi hlboká, alebo padala veľmi pomaly
porque tenía tiempo de sobra para caer

pretože mala dosť času na pád
Mientras caía, podía mirar a su alrededor
keď padala, mohla sa rozhliadnuť všade okolo seba
Primero, trató de averiguar a dónde iba
Najprv sa snažila zistiť, kam ide
Pero el pozo estaba demasiado oscuro para ver nada
ale studňa bola príliš tmavá na to, aby niečo bolo vidieť
Luego miró a los lados del pozo
Potom sa pozrela na boky studne
Y se dio cuenta de que había armarios a su alrededor
a všimla si, že všade okolo nej sú skrine
y alrededor del pozo había estanterías de libros
a všade okolo studne boli police s knihami
Aquí y allá veía mapas y cuadros colgados de perchas
Tu a tam videla mapy a obrázky zavesené na kolíkoch
Al pasar, bajó un frasco de una de las estanterías
Keď prechádzala okolo, zložila z jednej z políc nádobu
El frasco estaba etiquetado por su contenido
nádoba bola označená pre svoj obsah
"MERMELADA DE NARANJAS"
"MARMELÁDA Z POMARANČOV"
**Pero, para su gran decepción, el frasco de mermelada estaba
vacío**
ale na jej veľké sklamanie bola nádoba na marmeládu prázdna
No quería dejar caer el tarro de mermelada vacío
Nechcela upustiť prázdnu nádobu na marmeládu
y su caída fue muy lenta
a jej pád bol veľmi pomalý
**Así que se las arregló para poner el frasco de mermelada en
uno de los armarios**
Podarilo sa jej teda vložiť nádobu na marmeládu do jednej zo
skríň
¡Abajo, abajo, abajo, ella cae!
Dole, dole, dole padá!
¿Llegaría alguna vez la caída a su fin?
Skončí sa niekedy pád?
No había nada más que hacer

Nedalo sa nič iné robiť

así que Alicia pronto empezó a hablar consigo misma

a tak sa Alica čoskoro začala rozprávať sama so sebou

—¡Dinah me echará mucho de menos esta noche, creo!

"Myslím, že Dinah budem dnes večer veľmi chýbať!"

Dinah era la gata de Alicia

Dinah bola Alicina mačka

"Espero que se acuerden de su plato de leche a la hora del té"

"Dúfam, že si spomenú na jej tanierik s mliekom pri čaji."

—¡Dinah, querida, desearía que estuvieras aquí abajo conmigo!

"Dina, moja drahá, kiež by si bola tu so mnou!"

Alicia sintió que se estaba quedando dormida

Alice cítila, že driema

Y de repente, ¡pum! ¡golpe!

A potom zrazu búch! úder!

Cayó sobre un montón de palos

Spadla na hromadu palíc

y aterrizó sobre un montón de hojas secas

a pristála na hromade suchého lístia

Y finalmente la larga caída por el agujero había terminado

a nakoniec sa dlhý pád do diery skončil

Alicia no estaba herida en lo más mínimo

Alice nebola ani trochu zranená

Y se levantó de un salto en un momento

a o chvíľu vyskočila

Alzó la vista, pero todo estaba oscuro sobre su cabeza

Pozrela sa hore, ale nad hlavou bola tma

Frente a ella había otro largo pasillo

Pred ňou bola ďalšia dlhá chodba

y el Conejo Blanco seguía a la vista

a Biely králik bol stále na dohľad

Corría por el pasillo

Ponáhľal sa chodbou

No había un momento que perder

Nebolo možné strácať ani chvíľu

Alicia salió corriendo como el viento

Alica utekala ako vietor
A la vuelta de la esquina giró el conejo
Za rohom sa králik otočil
Llegó justo a tiempo para oír al conejo
Bola práve včas, aby počula králika
"Oh, mis orejas y bigotes"
"Ach, moje uši a fúzy"
"¡Qué tarde se está haciendo!"
"Ako je neskoro!"
Estaba muy cerca del conejo
Bola tesne za králikom
Dobló otra esquina
Zabočila za ďalší roh
pero el Conejo ya no se dejaba ver
ale Králika už nebolo vidieť
Se encontró en un pasillo largo y bajo
Ocitla sa v dlhej, nízkej hale
La sala estaba iluminada por una hilera de lámparas de techo
Sála bola osvetlená radom stropných lámp
Había puertas por todo el pasillo
Všade po hale boli dvere
pero todas las puertas estaban cerradas con llave
ale všetky dvere boli zamknuté
Caminó por un lado del pasillo
Prešla celou cestou po jednej strane chodby
Y ella había caminado todo el camino hasta el otro lado de la sala
a prešla celú druhú stranu chodby
Había intentado todas las puertas
vyskúšala všetky dvere
Y caminó tristemente por el centro del pasillo
a smutne kráčala stredom chodby
"¿Cómo voy a volver a salir?"
"Ako sa ešte niekedy dostanem von?"

De repente se encontró con una mesita
Zrazu prišla k malému stolíku
La mesa estaba hecha completamente de vidrio macizo
Stôl bol celý vyrobený z masívneho skla
No había nada sobre la mesa, excepto una pequeña llave dorada
Na stole nebolo nič iné ako malý zlatý kľúč
¡La llave podría pertenecer a una de las puertas!
kľúč môže patriť jedným z dverí!
Pero, ¡ay! Algunas de las cerraduras eran demasiado grandes para las llaves
ale, bohužiaľ! Niektoré zámky boli príliš veľké na kľúče
y para las otras cerraduras la llave era demasiado pequeña
a pre ostatné zámky bol kľúč príliš malý
Pero, en cualquier caso, la llave no abrió ninguna de las puertas
ale v každom prípade kľúč neotvoril žiadne dvere
Pero, ¿qué iba a hacer ella?
ale čo mala robiť?
Volvió a atravesar el pasillo
Znova prešla chodbou
Y esta vez se fijó en una cortina baja

a tentoraz si všimla nízku oponu
Detrás de la cortina había una puertecita
Za závesom boli malé dvere
La puerta tenía unos quince centímetros de alto
dvere boli vysoké asi pätnásť palcov
Probó la pequeña llave dorada en la cerradura
Vyskúšala malý zlatý kľúč v zámku
Y para su gran deleite, ¡la llave encajó en la cerradura!
a na jej veľkú radosť sa kľúč zmestil do zámku!
Alicia abrió la puerta
Alica otvorila dvere
Y encontró que la puerta daba a un pequeño pasillo
a našla dvere vedené do malej chodby
El corredor no era mucho más grande que una madriguera de ratas
chodba nebola oveľa väčšia ako krysia diera
Se arrodilló y miró a lo largo del pasillo
Kľakla si a pozrela sa po chodbe
Y ella vio el jardín más hermoso que jamás hayas visto
a videla najkrajšiu záhradu, akú ste kedy videli
¡Cómo anhelaba salir de ese oscuro salón
Ako túžila dostať sa z tej tmavej siene
cómo quería vagar entre esas flores brillantes
Ako sa chcela túlať medzi tými žiarivými kvetmi
¡Qué genial se veían esas fuentes
Ako chladne vyzerali tieto fontány
Pero ni siquiera podía meter la cabeza por la puerta
ale nedokázala dostať ani hlavu cez dvere
-¡Oh! -exclamó Alicia con tristeza-
"Ach," povedala Alice smutne
"¡Cómo desearía poder plegarme como un telescopio!"
"Ako by som si priala, aby som sa mohla zložiť ako ďalekohľad!"
"Creo que podría plegarme como un telescopio"
"Myslím, že by som sa mohol zložiť ako ďalekohľad"
"Si supiera cómo empezar"
"Keby som len vedel, ako začať"

Alicia volvió a la mesa
Alica sa vrátila k stolu
Existía la posibilidad de encontrar otra llave
Bola tu šanca nájsť ďalší kľúč
O podría haber un libro de reglas
alebo môže existovať kniha pravidiel
El libro podría decirle cómo plegarse como un telescopio
Kniha by jej mohla povedať, ako sa má zložiť ako ďalekohľad
Esta vez encontró una botellita
Tentoraz našla malú fľaštičku
—Esta botella no estaba aquí antes —dijo Alicia—
"Táto fľaša tu určite predtým nebola," povedala Alice
y atada alrededor del cuello de la botella había una etiqueta de papel
a okolo hrdla fľaše bola uviazaná papierová etiketa
La etiqueta estaba bellamente impresa en letras grandes
štítok bol krásne vytlačený veľkými písmenami
"BÉBEME"
"VYPI MA"
—No, miraré primero —dijo ella—
"Nie, najprv sa pozriem," povedala
"Veré si la botella está marcada como venenosa o no"
"Uvidím, či je fľaša označená ako jedovatá alebo nie,"
porque nunca olvidó la lección sobre el veneno
pretože nikdy nezabudla na lekciu o jede
"Si una botella está etiquetada como venenosa, es probable que no esté de acuerdo contigo"
"Ak je fľaša označená ako jedovatá, určite s vami nebude súhlasiť"
Sin embargo, esta botella no estaba marcada como venenosa
Táto fľaša však nebola označená ako jedovatá
así que Alicia se aventuró a probar el contenido de la botella
a tak sa Alica odvážila ochutnať obsah fľaše
Encontró el líquido bastante de su agrado
Zistila, že tekutina sa jej páči
La bebida tenía una especie de sabor mezclado
nápoj mal akúsi zmiešanú chuť

tarta de cerezas, natillas y piña
čerešňový koláč, puding a ananás
Pavo asado, caramelo y tostadas con mantequilla caliente
Pečené morčacie mäso, karamelu a toast s horúcim maslom
Y pronto acabó la botella
a čoskoro fľašu dopila
-¡Qué sensación tan curiosa! -exclamó Alicia-
"Aký zvláštny pocit!" povedala Alica
"¡Me estoy pliegando como un telescopio!"
"Skladám sa ako ďalekohľad!"
¡Y se estaba pliegando como un telescopio!
A naozaj sa skladala ako ďalekohľad!
Ahora solo medía diez pulgadas de alto
Teraz bola vysoká len desať centimetrov
y su rostro se iluminó con sus pensamientos
a jej tvár sa rozjasnila pri myšlienkach
Ahora ella tenía el tamaño adecuado para la pequeña puerta
teraz mala správnu veľkosť pre malé dvierka
Ahora podía entrar en ese hermoso jardín
Teraz mohla ísť do tej krásnej záhrady
Pronto dejó de hacerse más pequeña
čoskoro sa prestala zmenšovať
Decidió ir al jardín de inmediato
Rozhodla sa, že ihneď pôjde do záhrady
pero, ¡ay de la pobre Alicia!
ale, beda úbohej Alici!
Llegó a la puerta
Dostala sa k dverám
Pero había olvidado la pequeña llave de oro
ale zabudla malý zlatý kľúč
Volvió a la mesa en busca de la llave
Vrátila sa k stolu pre kľúč
Pero se dio cuenta de que no podía llegar lo suficientemente alto
ale zistila, že nemôže dosiahnuť dostatočne vysoko
Podía ver la llave claramente a través del cristal
cez sklo videla kľúč celkom jasne

Trató de trepar por las patas de la mesa
Pokúsila sa vyliezť po nohách stola
Pero el cristal era demasiado resbaladizo
ale sklo bolo príliš klzké
Con el tiempo se cansó de intentarlo
Nakoniec sa unavila skúšaním
Y la pobre niña se sentó y lloró
a úbohé dievčatko si sadlo a plakalo
Alicia se habló a sí misma con bastante brusquedad
Alica hovorila k sebe dosť ostro
"¡Vamos, no sirve de nada llorar así!"
"Poď, nemá zmysel takto plakať!"
"¡Te aconsejo que te detengas ahora mismo!"
"Radím vám, aby ste v tejto chvíli prestali!"
En general, se daba muy buenos consejos
Vo všeobecnosti si dávala veľmi dobré rady
aunque muy rara vez seguía sus propios consejos
hoci sa veľmi zriedka riadila vlastnými radami
Y a veces era demasiado dura consigo misma
a niekedy bola na seba príliš tvrdá
y sus palabras hicieron que se le llenaran los ojos de lágrimas
a jej slová jej vháňali slzy do očí
Pronto sus ojos se posaron en una cajita de cristal
Čoskoro jej zrak padol na malú sklenenú škatuľku
La cajita de cristal estaba debajo de la mesa
Malá sklenená škatuľka ležala pod stolom
En la caja de cristal había un pastel muy pequeño
V sklenenej krabici bol veľmi malý koláč
En el pastel, algunas palabras estaban bellamente escritas
Na torte boli niektoré slová krásne napísané
Las palabras habían sido marcadas con grosellas
slová boli označené ríbezľami
"CÓMEME"
"JEDZ MŇA"
—Bueno, me comeré el pastel —dijo Alicia—
"Nuž, ja zjem koláč," povedala Alica

"y si el pastel me hace crecer, puedo llegar a la llave"
"a ak ma koláč zväčší, môžem dosiahnuť kľúč"
"y si el pastel me hace más pequeño, puedo arrastrarme por debajo de la puerta"
"a ak ma koláč zmenši, môžem sa vkradnúť pod dvere"
"así que de cualquier manera me meteré en el jardín"
"Tak či onak, dostanem sa do záhrady"
"¡Y no me importa cuál de los dos suceda!"
"A je mi jedno, čo z toho sa stane!"
Se comió un pedacito del pastel
Zjedla kúsok koláča
Y se habló a sí misma con ansiedad:
a úzkostlivo si prehovorila:
—¿De qué manera? ¿Hacia dónde?
"Ktorýmkoľvek smerom? Ktorýmkoľvek smerom?"
Y se llevó la mano a la cabeza
a držala si ruku na hlave
Quería sentir de qué manera estaba creciendo
chcela cítiť, akým spôsobom rastie
Se sorprendió bastante al descubrir lo que había sucedido
Bola dosť prekvapená, keď zistila, čo sa stalo
¡Había permanecido del mismo tamaño!
Zostala rovnakej veľkosti!
Así que esta vez redobló sus esfuerzos
Tentoraz teda zdvojnásobila svoje úsilie
Y pronto terminó todo el pastel
a čoskoro dokončila celý koláč

El charco de lágrimas
Kaluž sĺz

-¡Esto se está poniendo cada vez más interesante! -exclamó Alicia-

"Toto je čoraz zaujímavejšie!" zvolala Alica

Se puede ver que estaba muy sorprendida

Môžete vidieť, že bola veľmi prekvapená

"¡Me estoy abriendo como el telescopio más grande que jamás haya existido!"

"Otváram sa ako najväčší ďalekohľad, aký kedy bol!"

—¡Adiós, pies! ¡Oh, mis pobres piecitos!

"Zbohom, nohy! Ach, moje úbohé nožičky"

"Me pregunto quién se pondrá sus zapatos por ustedes ahora, queridos".

"Som zvedavý, kto vám teraz obuje topánky, drahí?"

—¿Y me pregunto quién se pondrá las medias?

"A som zvedavý, kto ti oblečie pančuchy?"

"Estaré demasiado lejos"

"Budem príliš ďaleko"

"No podré preocuparme más por ti"

"Už sa o teba nebudem môcť trápiť"

Justo en ese momento su cabeza golpeó contra algo

Práve v tejto chvíli jej hlava narazila na niečo

Había llegado al techo de la sala

dosiahla strechu haly

De hecho, ahora medía más de dos metros de altura

v skutočnosti bola teraz vysoká viac ako dva metre

Y al instante tomó la pequeña llave de oro

a hneď vzala malý zlatý kľúč

Y se apresuró a llegar a la puerta del jardín

a ponáhľala sa k záhradným dverám

¡Pobre Alicia! No había mucho que pudiera hacer

Úbohá Alica! Nemohla toho veľa urobiť

Se acostó de lado

Ľahla si na jednu stranu

Y miró al jardín con un ojo

a jedným okom sa pozrela do záhrady

Pero salir adelante era más desesperado que nunca
ale dostať sa cez to bolo beznádejnejšie ako kedykoľvek
predtým
Se sentó y comenzó a llorar de nuevo
Sadla si a začala znova plakať
Siguió derramando galones de lágrimas
Pokračovala v prelievaní litrov sĺz
Pronto había un gran estanque a su alrededor
čoskoro bol všade okolo nej veľký bazén
Y el agua llegaba hasta la mitad del pasillo
a voda siahala do polovice chodby
Al cabo de un rato, oyó un pequeño golpeteo de pies
Po chvíli začula malé dupot nôh
Oyó los pasos que venían de lejos
z diaľky počula chodidlá
Y se secó los ojos apresuradamente para ver lo que venía
a rýchlo si osušila oči, aby videla, čo príde
Era el Conejo Blanco que regresaba
Bol to Biely Králik vracajúci sa
Iba espléndidamente vestido
Bol nádherne oblečený
Tenía un par de guantes blancos en una mano
v jednej ruke mal pár bielych rukavíc
y tenía un gran abanico de plumas en la otra mano
a v druhej ruke mal veľký vejár z peria
Llegó trotando a toda prisa
Prišiel klusom vo veľkom zhone
y murmuró para sí: "¡Oh! ¡La duquesa, la duquesa!
a zamrmlal si pre seba: "Ach! vojvodkyňa, vojvodkyňa!"
—¡Oh! ¡No será salvaje si la he hecho esperar!
"Ach! nebude divoká, keby som ju nechal čakať!"

Cuando el Conejo se acercó a ella, Alicia habló
Keď sa k nej Králik priblížil, Alica prehovorila
Pero ella hablaba en voz baja y tímida
ale prehovorila tichým, nesmelým hlasom
"Señor, por favor, deje de hacer lo que está haciendo por un momento"
"Pane, prosím, na chvíľu prestaňte s tým, čo robíte"
El Conejo se sobresaltó violentamente
Králik sa prudko zľakol
Dejó caer los guantes blancos y el abanico de plumas
Zhodil biele rukavice a vejár z peria
Y se escabulló en la oscuridad lo más rápido que pudo
a utekal do tmy tak rýchlo, ako len mohol,
Alicia recogió el abanico de plumas y los guantes
Alice zdvihla vejár z peria a rukavice
Y no paraba de abanicarse mientras seguía hablando
a stále sa ovívala, zatiaľ čo hovorila
"¡Querido, querido! ¡Qué extraño es todo hoy!"
"Drahý, drahý! Aké zvláštne je dnes všetko!"
"Ayer las cosas siguieron como siempre"
"Včera to pokračovalo ako zvyčajne"
—¿Era yo el mismo cuando me levanté esta mañana?

"Bol som rovnaký, keď som dnes ráno vstal?"
"Pero si no soy el mismo, hay otra cuestión"
"Ale ak nie som rovnaký, je tu iná otázka"
"¿Quién demonios soy yo?"
"Kto som preboha?"
"¡Ah, ese es el gran rompecabezas!"
"Ach, to je tá veľká hádanka!"
Al decir esto, se miró las manos
Keď to povedala, pozrela sa na svoje ruky
Llevaba uno de los Conejos, gusanos blancos
mala na sebe jednu z malých bielych rukavíc králikov
No se había dado cuenta de que se había puesto el guante mientras hablaba
Nevšimla si, že si pri rozprávaní nasadila rukavicu
"¿Cómo pude haber hecho eso?", pensó
"Ako som to mohla urobiť?" pomyslela si
"Debo estar haciéndome pequeño otra vez"
"Musím byť opäť malá"
Se levantó y se acercó a la mesa para medir su altura
Vstala a išla k stolu, aby si zmerala svoju výšku
Descubrió que ahora medía aproximadamente medio metro de altura
zistila, že je teraz asi pol metra vysoká
Y ella seguía encogiéndose rápidamente
a stále sa rýchlo zmenšovala
Pronto descubrió cuál era la causa del encogimiento
Čoskoro zistila, čo bolo príčinou zmenšenia
¡El abanico de plumas la estaba haciendo más pequeña de nuevo!
Vejár peria ju opäť zmenšoval!
Y dejó caer el abanico de plumas apresuradamente
a rýchlo pustila vejár z peria
Dejó caer el abanico de plumas justo a tiempo para salvarse
Pustila vejár z peria práve včas, aby sa zachránila
Si se hubiera abanicado por más tiempo, se habría encogido por completo
Keby sa ešte viac ovívala, úplne by sa stiahla

-¡Ha sido una fuga por los pelos! -dijo Alicia-
"To bol tesný únik!" povedala Alica
Y se asustó mucho ante el cambio repentino
a bola veľmi vystrašená náhlou zmenou
pero estaba muy contenta de encontrarse todavía en existencia
ale bola veľmi rada, že stále existuje
—¡Y ahora, al jardín!
"A teraz do záhrady!"
Y corrió a toda prisa hacia la puertecita
A rozbehla sa celou rýchlosťou späť k malým dverám
Pero, ¡ay! La puertecita se cerró de nuevo
ale, bohužiaľ! malé dvierka sa opäť zavreli
Y la pequeña llave de oro volvía a estar sobre la mesa de cristal
a malý zlatý kľúč opäť ležal na sklenenom stolíku
"Las cosas están peor que nunca", pensó el pobre niño
"Veci sú horšie ako kedykoľvek predtým," pomyslelo si úbohé dieťa
"Nunca antes había sido tan pequeño como esto, ¡nunca!"
"Nikdy predtým som nebol taký malý, nikdy!"
Al decir estas palabras, su pie resbaló
Keď vyslovila tieto slová, noha sa jej pošmykla
¡Y en otro momento hubo un gran chapoteo!
a o chvíľu sa ozval veľký špliech!
Estaba sumergida en agua salada hasta la barbilla
bola po bradu v slanej vode
Su primera idea fue que de alguna manera había caído al mar
Jej prvá myšlienka bola, že nejako spadla do mora
Sin embargo, pronto se dio cuenta de en qué estaba metida
Čoskoro si však uvedomila, v čom je
Estaba en un charco de lágrimas
bola v kaluži sĺz
las lágrimas que había llorado cuando tenía dos metros de altura
slzy, ktoré plakala, keď bola dva metre vysoká

Justo en ese momento escuchó algo
Práve vtedy niečo začula
Algo chapoteaba en la piscina
Niečo sa špliechalo v bazéne
El chapoteo venía de un poco más lejos
Špliechanie prichádzalo z malej vzdialenosti
Y se acercó nadando para ver qué era el chapoteo
a plávala bližšie, aby videla, čo je to špliechanie
Pronto vio que era solo un ratoncito
čoskoro videla, že je to len malá myška
El ratoncito también se había metido en el agua
Myška tiež vkĺzla do vody
Alicia pensó para sí misma sobre la situación
Alica sa zamyslela nad situáciou
—¿Serviría de algo hablar con este ratón?
"Bolo by užitočné hovoriť s touto myšou?"
"Aquí todo está tan al revés"
"Všetko je tu hore nohami"
"Creo que es muy probable que este ratón pueda hablar"
"Myslím si, že táto myš vie hovoriť"

"En cualquier caso, no hay nada de malo en intentarlo"
"V každom prípade nie je na škodu sa o to pokúsiť"
Así que empezó a tratar de hablar con el ratón
Začala sa teda pokúšať rozprávať s myšou
"Oh Ratón, ¿conoces la forma de salir de esta piscina?"
"Ach, myš, poznáš cestu von z tohto jazierka?"
—¡Estoy muy cansado de nadar por aquí, oh ratón!
"Som veľmi unavený z plávania tu, ó myš!"
El ratón la miró con curiosidad
Myš sa na ňu pozrela dosť zvedavo
El ratón parecía guiñar un ojo con uno de sus ojitos
Zdalo sa, že myš žmurkla jedným zo svojich malých očí
Pero el ratoncito no dijo nada
ale myška nepovedala nič
"A lo mejor el ratón no entiende inglés", pensó Alicia
"Možno myš nerozumie po anglicky," pomyslela si Alica
"Me atrevo a decir que es un ratón francés"
"Trúfam si povedať, že je to francúzska myš"
"tal vez este ratón vino con Guillermo el Conquistador"
"možno táto myš prišla s Viliamom Dobyvateľom"
Así que empezó de nuevo, en francés
A tak začala znova, po francúzsky
"¿Dónde está mi gato?", preguntó en francés
"Kde je moja mačka?" spýtala sa po francúzsky
era la primera frase de su libro de clases de francés
bola to prvá veta v jej učebnici francúzštiny
El Ratón dio un súbito salto fuera del agua
Myš náhle vyskočila z vody
y el ratón pareció temblar de miedo
a zdalo sa, že sa myš celá chvela od strachu
-¡Oh, le ruego que me perdone! -exclamó Alicia apresuradamente-
"Ach, prepáčte!" zvolala Alica rýchlo
Temía haber herido los sentimientos del pobre animal
bála sa, že zranila city úbohého zvieraťa
"Olvidé que no te gustaban los gatos"
"Celkom som zabudol, že nemáš rád mačky"

—¡No me gustan los gatos! —exclamó el ratón con voz estridente y apasionada—

"Nemám rád mačky!" zvolala Myš prenikavým, vášnivým hlasom

—¿Te gustaría tener gatos, si fueras yo?

"Chceli by ste mačky, keby ste boli na mojom mieste?"

Alicia consoló al ratón en un tono tranquilizador

Alica utešovala myš upokojujúcim tónom

"Bueno, tal vez a mí tampoco me gustarían los gatos si fuera tú"

"No, možno by som na tvojom mieste nemal rád mačky"

"Por favor, no te enfades por la mención de los gatos"

"Prosím, nehnevajte sa na zmienku o mačkách"

"Y, sin embargo, desearía poder mostrarte a nuestra gata Dinah"

"A predsa by som si priala, aby som ti mohla ukázať našu mačku Dinah"

"Si la conocieras, creo que te encapricharías de los gatos"

"Keby si ju stretol, myslím, že by si si obľúbil mačky"

"Si tan solo pudieras verla"

"Keby si ju len mohol vidieť"

"Es una cosa tan querida y tranquila"

"Je to taká drahá, tichá vec"

El ratón temblaba por todas partes

Myš sa celá triasla

Alicia estaba segura de que el ratón debía de estar realmente ofendido

Alica si bola istá, že myš musí byť naozaj urazená

"No hablaremos más de ella, si prefieres no hacerlo"

"Už o nej nebudeme hovoriť, ak nechcete"

-¡Nosotros, en efecto! -exclamó el Ratón-

"My, naozaj!" zvolala Myš

El ratón temblaba hasta la punta de la cola

Myš sa triasla až do konca chvosta

—¡Como si fuera a hablar de un tema así!

"Akoby som mal hovoriť o takejto téme!"

"Nuestra familia siempre odió a los gatos"

"Naša rodina vždy nenávidela mačky"
"Gatos; ¡Cosas desagradables, bajas, vulgares!"
"Mačky; škaredé, nízke, vulgárne veci!"
"¡No dejes que vuelva a escuchar el nombre!"
"Nedovoľ mi znova počuť to meno!"
-¡No volveré a hablar de los gatos! -dijo Alicia-
"Naozaj už nebudem spomínať mačky!" povedala Alica
Tenía mucha prisa por cambiar de tema
veľmi sa ponáhľala zmeniť tému
"¿Eres tú... ¿Te gustan los perros?
"Si ... máte radi psov?"
"Hay un perrito tan simpático cerca de nuestra casa"
"Neďaleko nášho domu je taký pekný malý psík,"
—¡Me gustaría enseñarte el perrito!
"Rád by som vám ukázal malého psíka!"
"Este perrito mata a todas las ratas y...
"Tento malý pes zabije všetky potkany a...
-¡Oh, querida! -exclamó Alicia en tono triste-
"Ach, bože!" zvolala Alica smutným tónom
"¡Me temo que te he ofendido de nuevo!"
"Obávam sa, že som ťa zase urazil!"
El ratón se alejaba nadando de ella tan rápido como podía
Myš od nej plávala tak rýchlo, ako len mohla
y el ratón hizo un gran alboroto en la piscina
a myš urobila v bazéne poriadny rozruch
Así que llamó suavemente al ratón
Tak ticho zavolala za myšou
"¡Mi querido ratón, por favor vuelve!"
"Moja drahá myš, prosím, vráť sa!"
"Y no hablaremos de gatos"
"A nebudeme hovoriť o mačkách"
"Y tampoco tenemos que hablar de perros"
"A nemusíme hovoriť ani o psoch"
Cuando el ratón escuchó esto, se dio la vuelta
Keď to myš počula, otočila sa
Y el ratoncito nadó lentamente de regreso a ella
a malá myška pomaly plávala späť k nej

La cara del ratón estaba bastante pálida
Tvár myši bola celkom bledá
Y el ratón habló, en voz baja y temblorosa
a myš prehovorila tichým, chvejúcim sa hlasom
"Vamos a la orilla"
"Poďme na breh"
"y luego te contaré mi historia"
"a potom vám poviem svoju históriu"
"y entenderás por qué odio a los gatos y a los perros"
"A pochopíte, prečo nenávidím mačky a psy"
Ya era hora de partir
Bol najvyšší čas ísť
porque la piscina se estaba llenando bastante
pretože bazén bol dosť preplnený
Otros pájaros y animales habían caído en el estanque
Ostatné vtáky a zvieratá spadli do bazéna
había un pato y un dodo
boli tam kačica a blbát
y había un pájaro lori y un aguilucho
a bol tam vták Lory a orlík
Y había varias otras criaturas de aspecto interesante
a bolo tam niekoľko ďalších zaujímavo vyzerajúcich tvorov
Alicia abrió el camino para salir de la piscina
Alice viedla cestu von z bazéna
Y todo el grupo de animales nadó hasta la orilla
a celá skupina zvierat plávala k brehu

Una carrera de caucus y una larga cola
Preteky a dlhý chvost
De hecho, eran un grupo de animales de aspecto gracioso
Bola to skutočne smiešne vyzerajúca banda zvierat
Y todos se reunieron a la orilla del agua
a všetci sa zhromaždili na brehu vody
Todos los pájaros tenían las plumas desaliñadas
všetky vtáky mali ošúchané perie
y los animales peludos estaban empapados
a chlpaté zvieratá boli premočené
y todos estaban empapados, molestos e incómodos
a všetci boli mokrí, otrávení a nepríjemní

Había una pregunta que había que responder primero
Najprv bolo potrebné odpovedať na jednu otázku
¿Cuál es la mejor manera de que todos se sequen?
Aký je najlepší spôsob, ako sa každý môže vysušiť?
Tuvieron una consulta sobre este asunto
Mali konzultáciu o tejto záležitosti
Pronto todos se sintieron en términos familiares
čoskoro boli všetci v známych vzťahoch

Era como si los conociera de toda la vida
bolo to, akoby ich poznala celý život
El ratón parecía ser una persona de cierta autoridad
Myš sa zdala byť osobou s určitou autoritou
"¡Siéntense todos y escúchenme!
"Sadnite si všetci a počúvajte ma!
"¡Pronto los volveré a secar!"
"Čoskoro vás všetkých opäť vysuším!"
Se sentaron todos a la vez, en un gran círculo
Všetci si sadli naraz, do veľkého kruhu
y el ratoncito se sentó en el medio
a myška sedela uprostred
—¡Ejem! —dijo el ratón con aire importante—
"Ehm!" povedala myš s dôležitým výrazom
"¿Están todos listos?"
"Ste všetci pripravení?"
"Esto es lo más seco que conozco"
"Toto je tá najsuchšia vec, akú poznám"
—¡Silencio por todas partes, por favor!
"Ticho všade naokolo, ak chcete!"
"Guillermo el Conquistador fue favorecido por el Papa"
"Viliam Dobyvateľ bol pápežom obľúbený"
"pero pronto fue sometido por los ingleses"
"ale čoskoro sa mu Angličania podriadili"
"Últimamente querían líderes"
"V poslednej dobe chceli lídrov"
"Y se habían acostumbrado al poder y a la conquista"
"a boli zvyknutí na moc a dobývanie"
"Edwin y Morcar, los condes de Mercia y Northumbria"
"Edwin a Morcar, grófi z Mercie a Northumbrie"
—¡Uf! —exclamó el pájaro lori con un escalofrío—
"Fuj!" povedal vták lori a zachvel sa
"e incluso Stigand, el patriota arzobispo de Canterbury"
"a dokonca aj Stigand, vlastenecký arcibiskup z Canterbury"
"A él también le pareció aconsejable"
"Tiež to považoval za vhodné"
-¿Qué le pareció aconsejable? -dijo el pato-

"Čo považoval za vhodné?" spýtala sa kačica

—Le pareció aconsejable —replicó el ratón con cierto enfado—

"Považoval to za vhodné," odpovedala myš dosť podráždene

Pero el pato no estaba satisfecho

ale kačica nebola spokojná

"Por supuesto, ya sabes lo que significa"

"Samozrejme, viete, čo znamená 'to'

—Sé lo que es cuando encuentro una cosa —dijo el pato—

"Viem, čo je to, keď niečo nájdem," povedala kačica

"Generalmente es una rana o un gusano"

"Vo všeobecnosti je to žaba alebo červ"

"La pregunta es, ¿qué encontró el arzobispo?"

"Otázkou je, čo arcibiskup našiel?"

El ratón no se dio cuenta de esta pregunta

Myš si túto otázku nevšimla

En cambio, el ratón continuó apresuradamente con el discurso

namiesto toho myš rýchlo pokračovala v reči

"le pareció aconsejable ir con Edgar Atheling"

"považoval za vhodné ísť s Edgarom Athelingom"

"para encontrarme con Guillermo y ofrecerle la corona"

"stretnúť sa s Viliamom a ponúknuť mu korunu"

el ratón continuó, volviéndose hacia Alicia mientras hablaba

myš pokračovala a otočila sa k Alici, keď hovorila

—¿Cómo te va ahora, querida?

"Ako sa ti darí, moja drahá?"

—Tan mojado como siempre —dijo Alicia en tono melancólico—

"Mokrá ako vždy," povedala Alica melancholickým tónom

"Esta historia no parece que me seque en absoluto"

"Zdá sa, že tento príbeh ma vôbec nevysušuje"

—En ese caso —dijo solemnemente el dodo, poniéndose en pie—

"V tom prípade," povedal blbát slávnostne a vstal

"Voto que se levante la sesión"

"Hlasujem za prerušenie schôdze"

"y propongo la adopción inmediata de remedios más enérgicos"

"a navrhujem okamžité prijatie energickejších prostriedkov"

—¡Di palabras de verdad! —dijo el aguilucho—

"Hovor skutočné slová!" povedal orlík

"No conozco el significado de la mitad de esas palabras largas"

"Nepoznám význam polovice tých dlhých slov"

—¡Y, lo que es más, tampoco creo que tú lo sepas!

"A čo viac, neverím, že to viete ani vy!"

—Lo que iba a decir —dijo el dodo en tono ofendido—

"Čo som chcel povedať," povedal blbát urazeným tónom

"Lo mejor para deshacernos sería una contienda electoral"

"Najlepšia vec, ktorá nás dostane do sucha, by boli preteky v klube"

—¿Qué es una contienda electoral? —preguntó Alicia

"Čo je to volebná rasa?" spýtala sa Alice

—Bueno —dijo el dodo—, la mejor manera de explicarlo es hacerlo.

"Nuž," povedal dront, "najlepší spôsob, ako to vysvetliť, je urobiť to."

"Primero el dodo trazó un hipódromo"

"Najprv dodo vyznačil dostihovú dráhu"

"La pista estaba en una especie de círculo"

"Skladba bola v akomsi kruhu"

"Y luego todo el grupo se colocó a lo largo del recorrido"

"A potom bola celá skupina umiestnená pozdĺž trati"

No hubo "¡Uno, dos, tres y fuera!"

Nebolo tam žiadne "Raz, dva, traja a preč!"

pero empezaron a correr cuando quisieron

ale začali utekať, keď sa im zapáčilo

Y también terminaban cuando querían

a tiež skončili, keď sa im zapáčilo

Así que no era fácil saber cuándo había terminado la carrera

Nebolo teda ľahké zistiť, kedy sa preteky skončili

Después de media hora más o menos de correr, todos estaban bastante secos

asi po pol hodine behu boli všetky celkom suché

el dodo gritó de repente: "¡La carrera ha terminado!"

blbát zrazu zavolal: "Preteky sa skončili!"

Y todos se agolparon alrededor del dodo

A všetci sa tlačili okolo dronta

Todos los animales jadeaban y resoplaban

Všetky zvieratá lapali po dychu a fúkali

y todos querían saber: "¿Pero quién ha ganado?"

a všetci chceli vedieť: "Ale kto vyhral?"

El dodo no pudo responder de inmediato a esta pregunta

Na túto otázku nedokázal blboun okamžite odpovedať

Primero tuvo que pensar mucho

najprv musel veľa premýšľať

Después de pensarlo mucho, el Dôdo finalmente habló

Po dlhom premýšľaní dodo konečne prehovoril

"Todos han ganado y todos deben tener premios"

"Každý vyhral a všetci musia mať ceny"

"¿Pero quién va a dar los premios?", preguntó un coro de voces

"Ale kto má dať ceny?" spýtal sa zbor hlasov

—Bueno, ella, por supuesto —dijo el dodo—

"No, samozrejme, ona," povedal dront

y el dodo señaló con un dedo a Alicia

a dodo ukázal jedným prstom na Alice

y todo el grupo de animales se agolpó a su alrededor

a celá skupina zvierat sa tlačila okolo nej

gritaron, de manera confusa: "¡Premios! ¡Premios!"

zmätene volali: "Ceny! Ceny!"

Alicia no tenía ni idea de qué hacer

Alica netušila, čo má robiť

Desesperada, se metió la mano en el bolsillo

V zúfalstve si strčila ruku do vrecka

Y sacó una caja de dulces

a vytiahla škatuľku sladkostí

Por suerte, el agua salada no había entrado en la caja

Našťastie sa slaná voda nedostala do krabice

Y repartió los dulces como premios

a rozdávala sladkosti ako ceny

Había exactamente una pieza para todos

Bol tu presne jeden kus pre každého

Lo siguiente que tenían que hacer era comer los dulces

Ďalšia vec, ktorú museli urobiť, bolo zjesť sladkosti

Esto causó algo de ruido y confusión

To spôsobilo určitý hluk a zmätok

Los grandes pájaros se quejaban de que no podían saborear sus dulces

veľké vtáky sa sťažovali, že nemôžu ochutnať svoje sladkosti

Los pequeños se ahogaron y hubo que darles palmaditas en la espalda

malé sa dusili a museli sa potľapkať po chrbte

Sin embargo, al fin se acabó

Konečne však bolo po všetkom

y se sentaron de nuevo en un anillo

a opäť si sadli do kruhu

Y le rogaron al ratón que les dijera algo más

a prosili myš, aby im povedala ešte niečo

—Prometiste contarme tu historia, ¿sabes? —dijo Alicia—

"Sľúbila si, že mi povieš svoju históriu, vieš," povedala Alica

E hizo otro pequeño comentario sobre los gatos en un susurro

a šepkom urobila ďalšiu malú poznámku o mačkách

No quería volver a ofender al ratón

Nechcela myš znova uraziť

el ratoncito se volvió hacia Alicia y suspiró

myška sa otočila k Alice a vzdychla si.

—¡La mía es una larga y triste historia!

"Môj príbeh je dlhý a smutný!"

—Es una cola larga, sin duda —dijo Alicia—

"Je to určite dlhý chvost," povedala Alica

Y miró con asombro la cola del ratón

a s úžasom pozrela na myšin chvost

—¿Pero por qué le llamas cola triste?

"Ale prečo to nazývate smutným chvostom?"

Y ella seguía desconcertada al respecto mientras el ratón hablaba

A stále si o tom lámala hlavu, zatiaľ čo myš hovorila

de modo que su idea del cuento era más o menos así

takže jej predstava o príbehu bola asi taká

"Fury said to
a mouse, That
he met in the
house, 'Let
us both go
to law: I
will prosecute
you.——
Come, I'll
take no denial:
We must have
the trial;
For really
this morning
I've
nothing
to do.'
Said the
mouse to
the cur,
'Such a
trial, dear
sir, With
no jury
or judge,
would
be wasting
our
breath.'
'I'll be
judge,
I'll be
jury,'
said
cunning
old
Fury;
'I'll
try
the
whole
cause,
and
condemn
you to
death.'"

Furia le dijo a un ratón: "Que se encontró en la casa"

Zúrivosť povedala myši: "Že sa stretol v dome"

Vayamos los dos a la ley: yo te procesaré

Poďme obaja na súd: Budem vás stíhať

Vamos, no aceptaré ninguna negación: debemos tener el juicio

Poďte, nebudem popierať: Musíme mať súd

Porque realmente esta mañana no tengo nada que hacer

Pretože dnes ráno naozaj nemám čo robiť

Dijo el ratón al cur;

Povedala myš kliatbe;

Un juicio así, querido señor, sin jurado ni juez, sería una pérdida de aliento

Takýto proces, drahý pane, bez poroty alebo sudcu by nám

plytval dychom
—Seré juez, seré jurado —dijo el astuto viejo Fury—
"Budem sudcom, budem porotcom," povedal prefíkaný starý
Fury
Juzgaré toda la causa y te condenaré a muerte
Skúsim celú vec a odsúdim ťa na smrť
el ratón le habló severamente a Alicia
myš prehovorila prísne k Alice
"¡No estás prestando atención!"
"Nevenuješ pozornosť!"
—¿En qué estás pensando?
"Na čo myslíš?"
**—Le ruego que me perdone —dijo Alicia muy
humildemente—**
"Prepáčte," povedala Alica veľmi pokorne
– ¿Habías llegado a la quinta curva, creo?
"Myslím, že ste sa dostali do piatej zákruty?"
"¡Me insultas diciendo tales tonterías!"
"Urážate ma tým, že hovoríte také nezmysly!"
Y el ratón se levantó y se alejó
a myš vstala a odišla
Alicia llamó al ratoncito
Alica zavolala na malú myšku
"¡Por favor, regresa y termina tu historia!"
"Prosím, vráťte sa a dokončite svoj príbeh!"
Y todos los demás se unieron a coro
A všetci ostatní sa pripojili v zbore
"¡Sí, por favor, termine su historia!"
"Áno, prosím, dokončite svoj príbeh!"
Pero el ratón se limitó a negar con la cabeza con impaciencia
Ale myš len netrpezlivo pokrútila hlavou
Y el ratoncito caminó un poco más rápido
a myška kráčala o niečo rýchlejšie
—¡Ojalá tuviera aquí a Dinah, nuestra gata! —dijo Alicia—
"Kiež by som tu mala Dinah, našu mačku!" povedala Alica
Esto causó una notable sensación entre el grupo
To vyvolalo v strane pozoruhodnú senzáciu

Algunos de los pájaros se apresuraron a huir de inmediato
Niektoré vtáky sa okamžite ponáhľali preč
y un canario gritó con voz temblorosa a sus hijos;
a kanárik zavolal trasúcim sa hlasom na svoje deti;
—¡Váyanse, queridos míos!
"Poďte preč, moji drahí!"
"¡Ya es hora de que estén todos en la cama!"
"Je najvyšší čas, aby ste boli všetci v posteli!"
Con varias excusas se fueron todos
s rôznymi výhovorkami všetci odišli
y Alicia no tardó en quedarse sola
a Alica čoskoro zostala sama
—¡Ojalá no hubiera mencionado a Dinah!
"Prial by som si, aby som nespomenul Dinah!"
"Parece que a nadie le gusta aquí abajo"
"Zdá sa, že ju tu dole nikto nemá rád"
—¡Pero estoy seguro de que es la mejor gata del mundo!
"Ale som si istý, že je to najlepšia mačka na svete!"
La pobre Alicia se echó a llorar de nuevo
Úbohá Alica začala opäť plakať
porque se sentía muy sola y desanimada
pretože sa cítila veľmi osamelá a skľúčená
Al cabo de un rato, sin embargo, volvió a oír algo
O chvíľu však opäť niečo počula
un pequeño golpeteo de pasos a lo lejos
malé dupot krokov v diaľke
Y ella miró hacia arriba ansiosamente
a dychtivo zdvihla zrak

El conejo manda al pequeño Sr. Bill
Králik posiela malého pána Billa

Era el conejo blanco, que volvía trotando lentamente
Bol to biely králik, ktorý pomaly klusal späť
Miraba a su alrededor ansiosamente mientras se alejaba
Úzkostlivo sa rozhliadol, keď išiel
Parecía como si hubiera perdido algo
Vyzeral, akoby niečo stratil
Alicia le oyó murmurar para sí misma
Alica ho počula mrmlať si pre seba
—¡La duquesa! ¡La duquesa! ¡Oh, mis queridas patas!
"Vojvodkyňa! Vojvodkyňa! Ach, moje drahé labky!"
—¡Oh, mi pelo y mis bigotes!
"Ach, moja srsť a fúzy!"
"Ella hará que me ejecuten, estoy seguro de eso"
"Nechá ma popraviť, tým som si istý"
—¡Tan cierto como que los hurones son hurones!
"Práve tak isté, ako sú fretky fretkami!"
"¿Dónde puedo haber dejado mis cosas, me pregunto?"
"Zaujímalo by ma, kde som mohol nechať svoje veci?"

Alicia adivinó en un momento lo que estaba buscando
Alica v okamihu uhádla, čo hľadá
Buscaba el abanico de plumas
Hľadal vejár z peria
Y buscaba el par de guantes blancos
a hľadal pár bielych rukavíc
Así que ella, muy bondadosamente, comenzó a buscar los guantes
A tak veľmi dobromyseľne začala hľadať rukavice
Y también buscó el abanico de plumas
a hľadala aj vejár z peria
Pero los guantes y el abanico de plumas no se veían por ninguna parte
ale rukavice a vejár z peria neboli nikde vidieť
Todo parecía haber cambiado desde que se bañó en la piscina
Zdalo sa, že všetko sa zmenilo od jej plávania v bazéne
Nada era igual desde que estaba en el Gran Salón
Nič nebolo ako predtým, odkedy bola vo Veľkej sieni
y la mesa de cristal había desaparecido
a sklenený stôl zmizol,
Y la puertecita tampoco estaba allí
A malé dvierka tam tiež neboli
Muy pronto el conejo se fijó en Alicia
Veľmi skoro si králik všimol Alice
—la llamó en tono airado
Zavolal na ňu nahnevaným tónom
—Mary Ann, ¿qué haces aquí?
"Mary Ann, čo tu robíš?"
"Corre a casa en este momento"
"V tejto chvíli utečte domov"
—¡Y tráeme un par de guantes y un abanico de plumas!
"A prines mi rukavice a vejár z peria!"
—¡Y date prisa!
"A ponáhľaj sa!"
Alicia se habló a sí misma mientras salía corriendo
Alica hovorila sama pre seba, keď utekala

—¡Debe de haberme confundido con su criada!

"Musel si ma pomýliť so svojou slúžkou!"

"¡Qué sorpresa se quedará cuando se entere de quién soy!"

"Aký bude prekvapený, keď zistí, kto som!"

Al decir esto, se encontró con una casita pulcra

Keď to povedala, narazila na úhľadný domček

En la puerta de la casa había una placa de bronce brillante

Na dverách domu bola svetlá mosadzná doska

"W. CONEJO"

"W. KRÁLIK"

Entró sin llamar a la puerta

Vošla dnu bez toho, aby zaklopala na dvere

Y se apresuró a subir las escaleras

a ponáhľala sa rovno hore

le preocupaba conocer a la verdadera Mary Ann

bála sa, že by mohla stretnúť skutočnú Mary Ann

porque entonces la echarían de la casa

Pretože potom by ju vyhnali z domu

Y no sería capaz de encontrar el abanico de plumas y los guantes

a nebola by schopná nájsť vejár z peria a rukavice

Alicia había encontrado el camino hacia una pequeña habitación ordenada

Alica si našla cestu do upratanej malej izby

En la habitación había una mesa junto a la ventana

V izbe bol stôl pri okne

y sobre la mesa había un abanico de plumas

a na stole bol vejár z peria

Y había dos o tres pares de diminutos guantes blancos

a boli tam dva alebo tri páry malých bielych rukavíc

Cogió el abanico de plumas y un par de guantes

Zdvihla vejár z peria a pár rukavíc

Y estaba a punto de salir de la habitación

a práve sa chystala opustiť miestnosť

Pero entonces sus ojos se posaron en una botellita

ale potom jej oči padli na malú fľaštičku

Descorchó la botella y se la llevó a los labios

Odzátkovala fľašu a priložila si ju k perám
"Espero que me haga crecer de nuevo"
"Dúfam, že ma to opäť prinúti vyrásť"
"¡Estoy cansada de ser una cosita tan pequeña!"
"Som unavený z toho, že som taká maličkosť!"
Alicia apenas se había bebido la mitad de la botella
Alica vypila sotva polovicu fľaše
Su cabeza ya estaba presionada contra el techo
hlava jej sa už tlačila na strop
Y tuvo que agacharse
a musela sa skloniť
para salvar su cuello de ser roto
aby si zachránila krk pred zlomením
Dejó apresuradamente la botella
Rýchlo odložila fľašu
"Con eso basta"
"To je celkom dosť"
"Espero no crecer más"
"Dúfam, že už nebudem rásť"
¡Ay! ¡Era demasiado tarde para desearlo!
Bohužiaľ! Bolo príliš neskoro si to želať!
Ella siguió creciendo y creciendo
Rástla a rástla
y muy pronto tuvo que arrodillarse en el suelo
a veľmi skoro si musela kľaknúť na zem
Y aun así siguió creciendo
a aj vtedy rástla
Como último recurso, sacó un brazo por la ventana
Ako posledný zdroj vystrčila jednu ruku z okna
Y metió un pie por la chimenea
a vystrčila jednu nohu do komína
"Ahora no puedo hacer más, pase lo que pase"
"Teraz už nemôžem urobiť viac, nech sa stane čokoľvek"
—¿Qué será de mí?
"Čo sa so mnou stane?"

Alicia tuvo un poco de suerte
Alice mala šťastie
La pequeña botella mágica había tenido todo su efecto
Malá kúzelná fľaštička mala svoj plný účinok
y Alicia no creció más de lo que era
a Alica nerástla, ako bola
Al cabo de unos minutos oyó una voz en el exterior
Po niekoľkých minútach začula vonku hlas
Y se detuvo a escuchar la voz
a zastavila sa, aby počúvala hlas
—¡María Ana! ¡Mary Ann! -dijo la voz-
"Mary Ann! Mary Ann!" povedal hlas
"¡Tráeme mis guantes en este momento!"
"Prines mi teraz moje rukavice!"
Luego se oyó un pequeño golpeteo de pies en la escalera
Potom sa ozvalo malé dupot nôh na schodoch
Alicia supo que era el conejo que venía a buscarla
Alica vedela, že je to králik, ktorý ju prichádza hľadať
Y tembló hasta hacer temblar la casa
a triasla sa, až otriasla domom

Se olvidó por completo de sus proporciones
Celkom zabudla, aké sú jej proporcie
Era mil veces más grande que el conejo
bola tisíckrát väčšia ako králik
Y no tenía por qué temer a un conejo
a nemala dôvod báť sa králika
De pronto, el conejo se acercó a la puerta
O chvíľu králik prišiel k dverám
Y el conejito trató de abrir la puerta
a malý králik sa pokúsil otvoriť dvere
La puerta comenzó a abrirse hacia adentro
dvere sa začali otvárať dovnútra
pero el codo de Alicia estaba apretado con fuerza contra la puerta
ale Alicin lakeť bol silno pritlačený k dverám
Ese intento resultó un fracaso
tento pokus sa ukázal ako neúspešný
Alicia oyó que el conejo se hablaba a sí mismo
Alica počula králika hovoriť sám k sebe
"Entonces daré la vuelta y entraré por la ventana"
"Potom pôjdem okolo a dostanem sa dnu cez okno"
«¡Que no lo harás!», pensó Alicia
"To nebudete!" pomyslela si Alica
Y volvió a esperar un poco
a zase chvíľu čakala
Pronto oyó al conejo justo debajo de la ventana
čoskoro začula králika tesne pod oknom
De repente extendió la mano
Zrazu roztiahla ruku
Y ella hizo un arrebato en el aire
a vytrhla sa do vzduchu
No se apoderó de nada
Nič sa jej nepodarilo
Pero oyó un pequeño alarido y una caída
ale počula malý výkrik a pád
Y oyó el estrépito de cristales rotos
a počula buchnutie rozbitého skla

Tal vez el conejo se había caído
Možno zajac spadol
Tal vez estaba en un invernadero
možno bol v skleníku
Luego se oyó una voz airada; La voz del conejo
Potom sa ozval nahnevaný hlas; Králiči hlas
"Pat, ¿dónde estás?"
"Pat, kde si?"
Y entonces llegó una voz que nunca antes había oído
A potom sa ozval hlas, ktorý nikdy predtým nepočula
"¡Su señoría, estoy aquí!"
"Vaša ctihodnosť, som tu!"
"Estoy cavando en busca de manzanas"
"Kopem jablká"
"¡Aquí! ¡Ven y ayúdame a salir de esto!"
"Tu! Poď a pomôž mi z toho vstať!"
—Ahora dime, Pat, ¿qué es eso que hay en la ventana?
"Teraz mi povedz, Pat, čo je to v okne?"
"Claro, su señoría, se lo diré"
"Iste, vaša ctihodnosť, poviem vám"
"¡Es un brazo que está en la ventana!"
"Je to ruka, ktorá je v okne!"
"Bueno, un brazo no tiene nada que hacer allí"
"No, ruka tam nemá čo robiť"
"¡Ve y quítate el brazo!"
"Choď a vezmi ruku preč!"
Hubo un largo silencio después de esto
Potom nastalo dlhé ticho
y Alicia sólo podía oír susurros de vez en cuando
a Alica len občas počula šepot
Y, por fin, volvió a extender la mano
a nakoniec opäť roztiahla ruku
Y ella hizo otro arrebato en el aire
a urobila ďalšie trhnutie vo vzduchu
Esta vez hubo dos pequeños chillidos
Tentoraz sa ozvali dva malé výkriky
y se escucharon más sonidos de vidrios rotos

a bolo počuť ďalšie zvuky rozbitého skla
«¡Me pregunto qué harán ahora!», pensó Alicia
"Som zvedavá, čo urobia ďalej!" pomyslela si Alica
"Ojalá me sacaran por la ventana"
"Prial by som si, aby ma vytiahli z okna"
Esperó un buen rato
Chvíľu čakala
Pero durante un rato no oyó nada más
ale chvíľu už nič nepočula
Por fin se oyó el estruendo de unas ruedas
Konečne sa ozvalo dunenie malých koliesok
Y se oyó el sonido de muchas voces
a ozvalo sa veľa hlasov
Todas las voces hablaban al unísono
Všetky hlasy sa rozprávali spolu
Pudo distinguir algunas de las palabras
Dokázala rozoznať niektoré slová
—¿Dónde está la otra escalera?
"Kde je druhý rebrík?"
"Bill tiene la otra escalera"
"Bill má druhý rebrík"
"¡Bill, ven aquí!"
"Bill, poď sem!"
—¿Soportará el techo la carga?
"Unesie strecha bremeno?"
—¿Quién quiere bajar por la chimenea?
"Kto chce ísť dole komínom?"
—¡No, no lo haré! ¡Tú lo haces!"
"Nie, nebudem! Urob to!"
—¡Aquí, Bill!
"Tu, Bill!"
"¡El maestro dice que tienes que bajar por la chimenea!"
"Majster hovorí, že musíš ísť komínom!"
Alicia arrastró el pie por la chimenea todo lo que pudo
Alica stiahla nohu dolu komínom tak ďaleko, ako len mohla
Y luego esperó a ver lo que venía
a potom čakala, čo príde

Escuchó a un animalito arañar y revolver
Počula malé zviera škriabať sa a šplhať
El animalito debe estar en la chimenea
Malé zviera musí byť v komíne
Luego dio una fuerte patada
Potom dala jeden ostrý kopanec
Y esperó a ver qué pasaría después
a čakala, čo sa bude diať ďalej
Oyó un coro general de voces
Počula všeobecný zbor hlasov
"¡Ahí va Bill!", dijeron todos
"Odchádza Bill!" povedali všetci
Entonces oyó solo la voz del conejo
Potom počula zajradí hlas sám
"¡Tú por el seto, atrápalo!"
"Ty pri živom plote, chyť ho!"
Hubo otro momento de silencio
Nastala ďalšia chvíľa ticha
Y entonces hubo otra confusión de voces
a potom nastal ďalší zmätok hlasov
"Levanta la cabeza, Brandy"
"Zdvihni mu hlavu, Brandy"
"Ten cuidado de no asfixiarlo"
"Dávajte si pozor, aby ste ho neudusili"
—¿Qué te pasó?
"Čo sa ti stalo?"
Por último, llegó una vocecita débil y chillona
Posledný sa ozval slabý, vŕzgavý hlas
"Bueno, ya casi no sé"
"No, už to neviem"
"Gracias a todos, ahora estoy mejor"
"Ďakujem vám všetkým, teraz je mi lepšie"
"Hay una cosa que puedo recordar"
"je jedna vec, ktorú si pamätám"
"Algo viene hacia mí como un tren en un túnel"
"Niečo na mňa prichádza ako vlak v tuneli"
"¡Y vuelo hacia arriba como un cohete!"

"A ja letím hore ako raketa!"
Hubo uno o dos minutos de silencio
Bola minúta alebo dve ticha
Y entonces empezaron a moverse de nuevo
a potom sa začali opäť pohybovať
y Alicia oyó hablar de nuevo al Conejo
a Alica počula Králika opäť hovoriť
"Un túmulo servirá, para empezar"
"Na začiatok bude stačiť mohyla"
«¿Un túmulo lleno de qué?», pensó Alicia
"Kopec čoho?" pomyslela si Alica
Pero no la mantuvieron en suspenso por mucho tiempo
Ale nebola dlho držaná v napätí
Una lluvia de guijarros entró por la ventana
Cez okno prišla spŕška malých kamienkov
Y algunas de las piedrecitas le golpearon en la cara
a niektoré z malých kamienkov ju zasiahli do tváre
Alicia se sorprendió por los guijarros
Alica bola prekvapená malými kamienkami
Todos los guijarros se estaban convirtiendo en pasteles
všetky malé kamienky sa menili na koláče
Y una idea brillante se le ocurrió
a v hlave jej prišiel skvelý nápad
"Debería comerme uno de estos pasteles"
"Mal by som zjesť jeden z týchto koláčov"
"El pastel seguramente hará algún cambio en mi tamaño"
"Torta určite zmení moju veľkosť"
Así que se tragó uno de los pasteles
Tak prehltla jeden z koláčov
Y se alegró al descubrir que empezaba a encogerse
a potešilo ju, keď zistila, že sa začala zmenšovať
Pronto fue lo suficientemente pequeña como para pasar por la puerta
čoskoro bola dosť malá na to, aby prešla dverami
Salió corriendo de la casa
Vybehla z domu
Una multitud de animalitos y pájaros esperaban afuera

Vonku čakal dav malých zvierat a vtákov
todos los pajaritos y animales se abalanzaron sobre Alicia
všetky malé vtáčiky a zvieratká sa vrhli na Alice
Pero ella huyó lo más rápido que pudo
ale utiekla tak rýchlo, ako len mohla
Y pronto se encontró a salvo en un espeso bosque
a čoskoro sa ocitla v bezpečí v hustom lese
Alicia vagaba por el bosque
Alica sa túlala po lese
Y pensó para sí misma:
a pomyslela si:
"Sé lo que tengo que hacer primero"
"Viem, čo musím urobiť ako prvé"
"Primero tengo que volver a crecer hasta el tamaño adecuado"
"najprv musím opäť narásť do správnej veľkosti"
"Y luego tengo que encontrar mi camino hacia ese hermoso jardín"
"a potom si musím nájsť cestu do tej krásnej záhrady"
"Supongo que debería comer o beber una cosa u otra"
"Myslím, že by som mal niečo zjesť alebo vypiť"
"Pero la pregunta es ¿qué debo comer o beber?"
"ale otázka znie, čo mám jesť alebo piť?"
Alicia miró a su alrededor las flores
Alica sa pozrela všade okolo seba na kvety
Y miró a través de las briznas de hierba
a pozrela sa cez steblá trávy
pero no podía ver nada de comer ni de beber
ale nevidela nič na jedenie ani pitie
Nada parecía ser lo adecuado para comer o beber
nič nevyzeralo ako správna vec na jedenie alebo pitie
Había un gran hongo creciendo cerca de ella
Neďaleko nej rástla veľká huba
el hongo tenía aproximadamente la misma altura que Alicia
huba bola približne rovnako vysoká ako Alice
Se estiró de puntillas
Natiahla sa na špičkách

Y se asomó por el borde del hongo
a nazrela cez okraj huby
Sus ojos se encontraron inmediatamente con los ojos de una gran oruga azul
jej oči sa okamžite stretli s očami veľkej modrej húsenice
La oruga estaba sentada en la parte superior del hongo
Húsenica sedela na vrchole huby
y la oruga se había cruzado de brazos
a húsenica mu prekrížila všetky ruky
Y estaba fumando tranquilamente una larga cachimba
a potichu fajčil dlhú vodnú fajku
y no hizo la menor atención a nada
a nič si ani v najmenšom nevšímal
y ciertamente no le prestó atención a Alicia
a určite nevenoval pozornosť Alice

Consejos de una oruga
Rada od húsenice

Por fin, la oruga se quitó la pipa de la boca
Konečne húsenica vytiahla vodnú fajku z úst
y se dirigió a Alicia con voz lánguida y soñolienta
a oslovil Alicu malátnym, ospalým hlasom
—¿Quién eres? —preguntó la oruga
"Kto si?" spýtala sa húsenica

Alicia respondió, con cierta timidez: "No lo sé, señor"
Alica odpovedala, dosť hanblivo: "Sotva viem, pane."
"Justo en este momento está todo un poco..."
"Len v tejto chvíli je to všetko trochu..."
"Sé quién era cuando me levanté esta mañana"
"Viem, kto som bol, keď som dnes ráno vstal."
"pero creo que debo haber cambiado varias veces desde entonces"
"ale myslím, že som sa odvtedy musel niekoľkokrát zmeniť"
—¿Qué quieres decir con eso? —dijo la oruga—
"Čo tým myslíte?" spýtala sa húsenica
Con severidad, la oruga le pidió que se explicara

Húsenica ju prísne požiadala, aby sa vysvetlila
—Me temo que no puedo explicarme, señor —dijo Alicia—
"Obávam sa, že sa neviem vysvetliť, pane," povedala Alica
"porque no soy yo mismo"
"pretože nie som sám sebou"
"Verás, tener tantos tamaños diferentes en un día es muy confuso"
"Vidíte, mať toľko rôznych veľkostí za deň je veľmi mätúce"
Se incorporó y dijo muy gravemente:
Vytiahla sa a povedala veľmi vážne:
"Creo que primero deberías decirme quién eres"
"Myslím, že by si mi mal najprv povedať, kto si."
"¿Por qué?", dijo la oruga
"Prečo?" spýtala sa húsenica
Alicia no se le ocurría ninguna buena razón
Alica nevedela vymyslieť žiadny dobrý dôvod
Y la oruga parecía estar en un estado de ánimo muy desagradable
a húsenica sa zdala byť vo veľmi nepríjemnom duševnom stave
Así que se dio la vuelta
a tak sa odvrátila
"¡Vuelve!", la oruga la llamó
"Vráť sa!" zavolala za ňou húsenica
"¡Tengo algo importante que decir!"
"Chcem povedať niečo dôležité!"
Alicia se dio la vuelta y volvió otra vez
Alica sa otočila a vrátila sa
—Mantén la calma —dijo la oruga—
"Zachuj si nervy," povedala húsenica
-¿Eso es todo? -preguntó Alicia
"To je všetko?" spýtala sa Alice
Y se tragó su rabia lo mejor que pudo
a prehltla svoj hnev, ako najlepšie vedela
—No —dijo la oruga—
"Nie," povedala húsenica
La oruga desplegó sus brazos

Húsenica rozložila ruky
Y volvió a sacarse la pipa de la boca
a znova vytiahol vodnú fajku z úst
**y él dijo: "Así que Ud. piensa que Ud. ha cambiado,
¿verdad?"**
a on povedal: "Takže si myslíš, že si sa zmenil, však?"
—Me temo, he cambiado, señor —dijo Alicia—
"Obávam sa, že som sa zmenila, pane," povedala Alica
"No puedo recordar las cosas como solía recordarlas"
"Nepamätám si veci tak, ako som si ich pamätala"
**"¡Y no me quedo del mismo tamaño por más de diez
minutos!"**
"A ja nezostanem rovnakej veľkosti dlhšie ako desať minút!"
"¿Qué tamaño quieres tener?", preguntó la oruga
"Akú veľkosť chceš mať?" spýtala sa húsenica
**—Oh, no me importa especialmente el tamaño que tenga —
respondió Alicia apresuradamente—**
"Ach, nezáleží mi na tom, akú mám veľkosť," odpovedala
Alice rýchlo
**"Simplemente no me gusta cambiar de tamaño tan a
menudo, ya sabes"**
"Vieš, nerád tak často mením veľkosť."
"Me gustaría ser un poco más grande, señor"
"Chcel by som byť trochu väčší, pane"
—Si no te importa —añadió Alicia—
"Ak by vám to nevadilo," dodala Alice
"Diez centímetros es una altura tan miserable para ser"
"Desať centimetrov je taká úbohá výška"
-¡Es una altura muy buena! -exclamó la oruga con rabia-
"Je to naozaj veľmi dobrá výška!" povedala húsenica
nahnevane
Y se irguió mientras hablaba
a on sa vzpriamil, keď hovoril,
Medía exactamente diez centímetros de alto
bol vysoký presne desať centimetrov
En uno o dos minutos, la oruga bajó del hongo
O minútu alebo dve húsenica zostúpila z huby

Y se arrastró por la hierba
a odplazil sa do trávy
Al alejarse, hizo algunas pequeñas observaciones
Keď odchádzal, urobil niekoľko malých poznámok
"Un lado te hará crecer más alto"
"Jedna strana vás zvýši"
"Y el otro lado te hará acortar"
"A druhá strana ťa skráti"
«¿Un lado de qué?», pensó Alicia para sí misma
"Jedna strana čoho?" pomyslela si Alica pre seba
—¿El otro lado de qué?
"Druhá strana čoho?"
—El costado del hongo —dijo la oruga—
"Na stranu huby," povedala húsenica
Era como si hubiera hecho su pregunta en voz alta
bolo to, akoby sa nahlas spýtala
Y en otro momento, se perdió de vista
a o chvíľu zmizol z dohľadu
Alicia se quedó mirando pensativa el hongo
Alica zostala zamyslene hľadiac na hubu
Estaba tratando de distinguir cuáles eran los dos lados del hongo
snažila sa rozoznať, ktoré sú dve strany huby
Por fin, estiró los brazos alrededor de la seta
Nakoniec roztiahla ruky okolo huby
Y rompió un poco los bordes
a odlomila kúsok hrán
"Y ahora, ¿qué lado es cuál?", se dijo a sí misma
"A teraz, ktorá strana je ktorá?" povedala si
Y mordisqueó un poco de la parte de la mano derecha
a trochu si zahryzla do pravej ruky
Al momento siguiente sintió un violento golpe debajo de la barbilla
V ďalšej chvíli pocítila prudký úder pod bradou
¡Su barbilla había golpeado su pie!
brada jej udrela do nohy!
Estaba bastante asustada por este cambio tan repentino

Bola veľmi vystrašená touto veľmi náhlou zmenou
Se estaba encogiendo muy rápidamente
veľmi rýchlo sa zmenšovala
Así que rápidamente se comió un poco del otro trozo de champiñón
Takže rýchlo zjedla ďalší kúsok huby
Su barbilla estaba muy presionada contra su pie
Brada mala veľmi tesne pritlačenú k nohe
Apenas había espacio para abrir la boca
sotva bolo miesto na otvorenie úst
Pero al fin logró abrir la boca
ale nakoniec sa jej podarilo otvoriť ústa
Y tragó un bocado del pedazo de la mano izquierda
a prehltla kúsok kúska ľavej ruky
-¡Por fin me han liberado la cabeza! -exclamó Alicia-
"moja hlava sa konečne uvoľnila!" povedala Alica
Se miró a sí misma
Pozrela sa na seba
Pero todo lo que podía ver era una inmensa longitud de cuello
ale všetko, čo videla, bol obrovský krk
Su cuello parecía elevarse como un tallo
Zdalo sa, že jej krk sa dvíha ako stopka
Y miró hacia abajo sobre un mar de hojas verdes
a pozrela sa dolu na more zeleného lístia
—¿A dónde han llegado mis hombros?
"Kam sa dostali moje ramená?"
"Y oh, mis pobres manos, ¿cómo es que no puedo verte?"
"A ach, moje úbohé ruky, ako to, že ťa nevidím?"
Pero su cuello tenía un beneficio
ale jej krk mal jednu výhodu
Podía mover la cabeza en cualquier dirección
mohla pohnúť hlavou akýmkoľvek smerom
De hecho, era como una serpiente
v skutočnosti bola ako had
Ella zigzagueó con gracia con la cabeza hacia abajo
elegantne kľukatila hlavu dole

Y movió la cabeza entre los árboles
a pohybovala hlavou medzi stromami
Pero entonces oyó un silbido agudo
ale potom začula ostré syčanie
Y rápidamente echó la cabeza hacia atrás
a rýchlo odtiahla hlavu dozadu
Una gran paloma había volado hacia su cara
do tváre jej vletel veľký holub
y la paloma se agitó violentamente con sus alas
a holub prudko zasiahol krídlami

-¡Serpiente! -exclamó la paloma-

"Had!" zvolal holub

-¡No soy una serpiente! -exclamó Alicia indignada-

"Nie som had!" povedala Alica rozhorčene

"¡Déjame en paz!"

"Nechaj ma na pokoji!"

"He probado las raíces de los árboles"

"Vyskúšal som korene stromov"

—Y he probado setos —prosiguió la paloma—

"A skúsil som živé ploty," pokračoval holub

—¡Pero esas serpientes! ¡No hay forma de complacerlos!"

"Ale tie hady! Nedá sa im potešiť!"

Alicia estaba cada vez más desconcertada

Alica bola čoraz viac zmätená

-Como si ya fuera bastante trabajo incubar los huevos -dijo la paloma-

"Akoby to nebolo dosť ťažkostí s vyliahnutím vajec," povedal holub

—¡De noche y de día también tengo que estar atento a las serpientes!

"Vo dne v noci musím dávať pozor aj na hady!"

"Acababa de encontrar el árbol más alto del bosque"

"Práve som našiel najvyšší strom v lese"

—¿Estaría libre de serpientes aquí?

"Určite by som tu bol bez hadov?"

"¡Y sale una serpiente del cielo!"

"A vyjde had z neba!"

-¡Pero yo no soy una serpiente, te lo aseguro! -dijo Alicia-

"Ale ja nie som had, hovorím vám!" povedala Alica

"Soy un... Soy un... Soy una niña —añadió con cierta duda—

"Som... Som ... Som malé dievčatko," dodala dosť pochybovačne

Después de todo, había estado pasando por muchos cambios

Koniec koncov, prešla mnohými zmenami

—Estás buscando huevos —dijo la paloma—

"Hľadáš vajcia," povedal holub

"Lo sé con certeza"

"Viem to s istotou"
—¿Y qué importa si eres una niña o una serpiente?
"A čo na tom, či si malé dievčatko alebo had?"
—A mí me importa mucho —dijo Alicia apresuradamente—
"Na tom mi veľmi záleží," povedala Alica rýchlo
"pero no estoy buscando huevos, como suele ser"
"ale nehľadám vajíčka, ako to už býva"
"Y de todos modos no querría tus huevos"
"a aj tak by som nechcel tvoje vajíčka"
"No me gustan los huevos crudos"
"Nemám rád svoje vajcia surové"
-¡Pues váyase! -dijo la paloma en tono malhumorado-
"Nuž, odíďte!" povedal holub mrzutým tónom
Y la paloma se instaló de nuevo en su nido
a holub sa opäť usadil vo svojom hniezde
Alicia se agachó entre los árboles lo mejor que pudo
Alice sa krčila medzi stromy, ako najlepšie vedela
Su cuello no dejaba de enredarse entre las ramas
jej krk sa stále zamotával medzi konáre
De vez en cuando tenía que detenerse y desenroscar el cuello
každú chvíľu sa musela zastaviť a vykrútiť krk
Al cabo de un rato se acordó de la seta
Po chvíli si spomenula na hubu
Todavía sostenía los trozos de hongo en sus manos
stále držala kúsky húb v rukách
Y se puso a trabajar con mucho cuidado
a pustila sa do práce veľmi opatrne
Primero mordisqueó una pieza
Najprv zahryzla do jedného kusu
Y luego mordisqueó la otra pieza
a potom zahryzla do druhého kúska
A veces crecía
niekedy vyrástla
y a veces se acortaba
a niekedy bola kratšia
pero finalmente alcanzó su altura habitual
ale nakoniec dosiahla svoju obvyklú výšku

Hacía tiempo que no era de su estatura
už nejaký čas nebola svojou vlastnou výškou
Así que todo se sintió extraño por un tiempo
Takže všetko sa chvíľu zdalo zvláštne
"Lo siguiente que hay que hacer es entrar en ese hermoso jardín"
"Ďalšia vec, ktorú musíte urobiť, je dostať sa do tej krásnej záhrady"
—¿Cómo se va a hacer eso, me pregunto?
"Ako sa to má urobiť, zaujímalo by ma?"
Al decir esto, llegó a un lugar abierto
Keď to povedala, narazila na otvorené miesto
Había una casita, un poco más de un metro de altura
Bol tam malý domček, o niečo vyšší ako meter
"Me pregunto quién vive en esta casita"
"Zaujímalo by ma, kto býva v tomto malom domčeku"
"Ciertamente no puedo entrar tan grande como soy"
"Určite nemôžem ísť taký veľký, ako som"
—¡Los asustaría terriblemente!
"Strašne by som ich vystrašila!"
Así que volvió a mordisquear el pequeño champiñón
a tak znova zahŕňala malú hubu
Y pronto bajó treinta centímetros
a čoskoro sa znížila o tridsať centimetrov

Un cerdo y un poco de pimienta
Prasa a trochu korenia
Durante uno o dos minutos se quedó mirando la casa
Minútu alebo dve stála a pozerala sa na dom
De repente, un lacayo salió corriendo del bosque
Zrazu z lesa vybehol lokaj
Vestía un uniforme especial
mal na sebe špeciálnu uniformu
A juzgar solo por su rostro, ella lo habría llamado pez
súdiac len podľa jeho tváre, nazvala by ho rybou
Y golpeó fuertemente la puerta con los nudillos
a hlasno zaklopal na dvere kĺbmi
La puerta fue abierta por otro lacayo
dvere otvoril ďalší lokaj
Este lacayo también llevaba una librea especial
Aj tento lokaj mal na sebe špeciálnu livreju
Este lacayo tenía una cara redonda y ojos grandes como los de una rana
Tento lokaj mal okrúhlu tvár a veľké oči ako žaba

El lacayo, que parecía un pez, inició la ceremonia
Obrad inicioval lokaj, ktorý vyzeral ako ryba
Sacó algo de debajo de su brazo
Vytiahol niečo spod pazuchy
Y sacó de debajo del brazo un sobre
a vytiahol spod pazuchy obálku
Y este sobre se lo entregó al otro lacayo
a túto obálku odovzdal druhému lokaji
En tono ceremonioso le comunicó las órdenes
slávnostným tónom mu povedal rozkazy
"Este mensaje es para la duquesa"
"Toto posolstvo je pre vojvodkyňu"
"Una invitación de la reina a jugar al croquet"
"Pozvanie od kráľovnej na hranie kroketu"
El lacayo, que parecía una rana, repitió la orden
Lokaj, ktorý vyzeral ako žaba, zopakoval rozkaz
"De la Reina"
"Od kráľovnej"
"Una invitación"
"pozvánka"
"para la duquesa"
"pre vojvodkyňu"
"Jugar al croquet"
"Hranie kroketu"
Entonces ambos se inclinaron profundamente
Potom sa obaja hlboko uklonili
y los rizos de sus pelucas se enredaron
a kučery v ich parochniach sa zamotali dohromady
Pronto el lacayo que parecía un pez se había ido
čoskoro bol lokaj, ktorý vyzeral ako ryba, preč
Pero el lacayo que parecía una rana todavía estaba allí
ale lokaj, ktorý vyzeral ako žaba, tam stále bol
Estaba sentado en el suelo, cerca de la puerta
sedel na zemi pri dverách
Estaba mirando estúpidamente al cielo
hlúpo hľadel do neba
Alicia se acercó tímidamente a la puerta y llamó

Alica nesmelo prišla k dverám a zaklopala
—Es inútil llamar a la puerta —dijo el lacayo—
"Nemá zmysel klopať," povedal lokaj
"Y eso es por dos razones"
"A to z dvoch dôvodov"
"Primero, porque estoy del mismo lado de la puerta que tú"
"Po prvé, pretože som na rovnakej strane dverí ako ty"
**"En segundo lugar, porque están haciendo mucho ruido
dentro"**
"Po druhé, pretože vo vnútri robia toľko hluku"
"Nadie podría escucharte"
"Nikto ťa nemohol počuť"
Y, ciertamente, había un ruido extraordinario en su interior
A vo vnútri sa určite odohrával najneobyčajnejší hluk
un aullido y estornudos constantes
neustále zavýjanie a kýchanie
y de vez en cuando se oye un gran estruendo
a každú chvíľu zvuk veľkého rachotu
como si un plato o una tetera se hubieran roto en pedazos
akoby bol rozbitý riad alebo kanvica
-¿Cómo voy a entrar? -preguntó Alicia
"Ako sa mám dostať dnu?" spýtala sa Alica
—¿Deberías entrar? —dijo el lacayo—
"Mali by ste vôbec vstúpiť?" spýtal sa lokaj
"Esa es la primera pregunta, ya sabes"
"To je prvá otázka, vieš"
Alicia abrió la puerta y entró
Alice otvorila dvere a vošla dnu
La puerta conducía directamente a una gran cocina
Dvere viedli priamo do veľkej kuchyne
La cocina estaba llena de humo de un extremo a otro
kuchyňa bola plná dymu z jedného konca na druhý
en medio de la cocina estaba la duquesa
uprostred kuchyne bola vojvodkyňa
Estaba sentada en un taburete de tres patas
Sedela na trojnohej stoličke
Y ella estaba amamantando a un bebé

a dojčila dieťa
El cocinero estaba inclinado sobre el fuego
Kuchár sa nakláňal nad ohňom
Estaba removiendo un gran caldero
Miešal veľký kotol
y el caldero parecía estar lleno de sopa
a zdalo sa, že kotol je plný polievky
"¡Ciertamente hay demasiada pimienta en esa sopa!" —se dijo Alicia
"V tej polievke je určite príliš veľa korenia!" Alica si povedala:
Lo dijo lo mejor que pudo, sin estornudar
Povedala to najlepšie, ako vedela, bez kýchnutia
Incluso la duquesa estornudaba de vez en cuando
Dokonca aj vojvodkyňa občas kýchla
Pero las acciones del bebé fueron las más notables
Ale činy dieťaťa boli najpozoruhodnejšie
El bebé estornudaba y aullaba alternativamente
dieťa striedavo kýchalo a zavýjalo
No hubo un momento de pausa entre aullidos y estornudos
Medzi zavýjaním a kýchaním nebola ani chvíľka pauzy
Había dos criaturas en la cocina que no estornudaban
V kuchyni boli dve stvorenia, ktoré nekýchali
El cocinero estaba demasiado ocupado para estornudar
Kuchárka bola príliš zaneprázdnená na to, aby kýchla
Y al gran gato no pareció importarle el pimiento
a zdalo sa, že veľkej mačke korenie nevadí
En cambio, el gran gato sonreía de oreja a oreja
namiesto toho sa veľká mačka usmievala od ucha k uchu
-Por favor, ¿podría decírmelo -dijo Alicia, un poco tímidamente-
"Povedzte mi, prosím," povedala Alice trochu nesmelo
"¿Por qué tu gato sonríe así?"
"Prečo sa tvoja mačka takto usmieva?"
-Es un gato de Cheshire -dijo la duquesa-
"Je to Cheshire-Cat," povedala vojvodkyňa
"Y por eso está sonriendo de oreja a oreja"
"A preto sa usmieva od ucha k uchu"

"No sabía que un gato de Cheshire siempre sonreía"
"Nevedel som, že Cheshire-Cat sa vždy usmieva."
—De hecho, no sabía que los gatos podían sonreír —dijo
Alicia—
"V skutočnosti som nevedela, že sa mačky môžu usmievať,"
povedala Alice
-Hay muchas cosas que no sabes -dijo la duquesa-
"Je toho veľa, čo nevieš," povedala vojvodkyňa
"Hay muchas cosas que no sabes y eso es un hecho"
"Je toho veľa, čo neviete, a to je fakt"
En ese momento, el cocinero retiró el caldero de sopa del
fuego
Práve vtedy kuchár stiahol kotol polievky z ohňa
Y en seguida se puso a tirar todo lo que estaba a su alcance
a okamžite začala hádzať všetko, čo mala na dosah
arrojó todo lo que pudo a la duquesa y al bebé
hodila všetko, čo mohla, na vojvodkyňu a dieťa
Primero arrojó los hierros de fuego
Najprv hodila ohnivé železa
Luego tiró un puñado de cacerolas
Potom hodila hrsť hrncov
y finalmente tiró los platos y las fuentes
a nakoniec hodila taniere a riad
La duquesa no le hizo caso
Vojvodkyňa si ju nevšimla
Incluso cuando fue golpeada por un plato, no se preocupó
Aj keď ju zasiahol tanier, nebála sa
El bebé ya estaba aullando tanto
dieťa už toľko zavýjalo
Así que era imposible decir si los golpes lastimaban al bebé
o no
Nebolo teda možné povedať, či údery dieťaťu ublížili alebo nie
—¡Oh, por favor, ten cuidado con lo que estás haciendo! —
exclamó Alicia—
"Ach, prosím, dávajte si pozor, čo robíte!" zvolala Alica
Y saltaba de un lado a otro en una agonía de terror
a skákala hore-dole v agónii hrôzy

la duquesa le ofreció a Alicia el bebé
vojvodkyňa ponúkla Alici dieťa
"¡Aquí! ¡Puedes amamantar un poco al bebé, si quieres!"
"Tu! Ak chcete, môžete dieťa trochu dojčiť!"
Y le arrojó al bebé mientras hablaba
a hodila po nej dieťa, keď hovorila
"Tengo que ir a prepararme para jugar al croquet con la reina"
"Musím ísť a pripraviť sa na hranie kroketu s kráľovnou"
Y se apresuró a salir de la habitación
a ponáhľala sa von z izby
Alicia atrapó al bebé con cierta dificultad
Alica chytila dieťa s určitými ťažkosťami
porque era una criatura de forma muy extraña
pretože to bolo malé stvorenie veľmi zvláštneho tvaru
Y el bebé extendió los brazos y las piernas en todas direcciones
a dieťa vystrelo ruky a nohy na všetky strany
«Será mejor que me lleve a este niño conmigo», pensó Alicia
"Radšej vezmem toto dieťa so sebou," pomyslela si Alica
"Seguro que matarán a este bebé en uno o dos días"
"Určite zabijú toto dieťa za deň alebo dva"
—¿No sería un asesinato dejar atrás a este bebé?
"Nebola by to vražda nechať toto dieťa doma?"
Dijo las últimas palabras en voz alta
Posledné slová povedala nahlas
Y la cosita gruñó en respuesta
a tá maličkosť zavrčala v odpovedi
—Será mejor que no te conviertas en un cerdo, querida — dijo Alicia—
"Radšej sa nezmeníš na prasa, moja drahá," povedala Alica
"o de lo contrario no tendré nada más que ver contigo"
"inak s tebou už nebudem mať nič spoločné"
Alicia empezaba a pensar para sí misma:
Alica si práve začínala myslieť:
"Ahora, ¿qué voy a hacer con esta criatura cuando la lleve a casa?"

"Čo mám robiť s týmto tvorom, keď ho dostanem domov?"
**Pero entonces la pequeña criatura gruñó un poco
violentamente**
ale potom malé stvorenie trochu prudko zavrčalo
y Alicia lo miró a la cara con cierta alarma
a Alica sa jej pozrela do tváre s akýmsi strachom
Esta vez no podía haber error al respecto
Tentoraz v tom nemohlo dôjsť k omylu
No era ni más ni menos que un cerdo
nebolo to ani viac, ani menej ako prasa
Así que dejó a la pequeña criatura en el suelo
A tak položila to malé stvorenie
**y la pequeña criatura se aleja trotando tranquilamente hacia
el bosque**
a malé stvorenie potichu odklusalo do lesa
Alicia se sintió bastante aliviada al ver que la criatura se iba
Alice pocítila úľavu, keď videla, ako stvorenie odchádza
Alicia se sobresaltó un poco al ver al Gato de Cheshire
Alice bola trochu prekvapená, keď uvidela Cheshire-Cat
**Estaba sentado en la rama de un árbol a pocos metros de
distancia**
Sedel na konári stromu niekoľko metrov odtiaľto
El gato solo sonrió cuando la vio
Mačka sa len uškrnula, keď ju uvidela
**—Gato de Cheshire —empezó Alicia, bastante
tímidamente—**
"Cheshire-cat," začala Alice dosť nesmelo
**—¿Podría decirme, por favor, qué camino debo tomar desde
aquí?**
"Mohli by ste mi, prosím, povedať, ktorou cestou sa mám
odtiaľto vydať?"
—En esa dirección —dijo el gato—
"Tým smerom," povedala mačka
Y agitó la pata derecha
a mával pravou labkou dookola
"En esa dirección vive un fabricante de sombreros"
"V tom smere žije výrobca klobúkov"

Y entonces el gato agitó su otra pata
a potom mačka mávla druhou labkou
"Y en esa dirección vive una liebre de marzo"
"a v tom smere žije pochodový zajac"
"Visita a cualquiera de los que quieras; los dos están locos"
"Navštívte ktorékoľvek chcete; obaja sú šialení"
—Pero yo no quiero andar entre locos —comentó Alicia—
"Ale ja nechcem chodiť medzi šialených ľudí," poznamenala
Alica
—Oh, no puedes evitarlo —dijo el Gato—
"Ach, nemôžete si pomôcť," povedala Mačka
"Aquí estamos todos locos"
"Všetci sme tu šialení"
"¿Vas a jugar al croquet con la reina hoy?"
"Hráš dnes kroket s kráľovnou?"
—Me gustaría mucho —dijo Alicia—
"Veľmi by som chcela," povedala Alica
"pero todavía no me han invitado"
"ale ešte som nebol pozvaný"
—Allí me verás —dijo el Gato—
"Uvidíte ma tam," povedala Mačka
Y de un momento a otro el gato desapareció
a z jednej chvíle na druhú mačka zmizla
pronto Alicia llegó a la vista de la casa de la liebre de marzo
čoskoro sa Alica dostala na dohľad k domu zajačieho zajaca
Era una casa muy grande
Bol to veľmi veľký dom
así que Alicia no quiso acercarse a la casa
Alica sa teda nechcela priblížiť k domu
Primero tuvo que mordisquear un poco más del trozo de
champiñón del lado izquierdo
Najprv musela zahŕňať ešte kúsok huby na ľavej strane

Una fiesta de té loca

šialený čajový večierok

Delante de la casa había un árbol

Pred domom bol strom

y debajo del árbol había una mesa

a pod stromom bol stôl

y la mesa estaba puesta con toda clase de cubiertos

a stôl bol prestretý všetkými druhmi príborov

La Liebre de Marzo y el Sombrerero estaban sentados a la mesa

Pochodový zajac a klobúčnik sedeli pri stole

y juntos estaban tomando el té

a spolu pili čaj

Un lirón estaba sentado entre ellos

Medzi nimi sedel plch

y el lirón se durmió profundamente

a plch tvrdo spal

La mesa era de un tamaño extraordinario

Stôl mal mimoriadnu veľkosť

Pero la mayor parte de la mesa estaba desocupada

ale väčšina stola bola neobsadená

Se sentaron apiñados en una esquina de la mesa

sedeli natlačení v jednom rohu stola

y, sin embargo, se excusaban cuando veían a Alicia

a predsa sa ospravedlňovali, keď videli Alenku

"¡No hay espacio! ¡No hay lugar!", gritaron

"Žiadna miestnosť! Niet miesta!" kričali

-¡Hay sitio de sobra! -exclamó Alicia indignada-

"Je tu dosť miesta!" riekla Alica rozhorčene

En un extremo de la mesa había un gran sillón

na jednom konci stola bolo veľké kreslo

y Alicia se sentó en el sillón

a Alica si sadla do kresla

El sombrerero abrió mucho los ojos

Výrobca klobúkov otvoril oči doširoka

No podía creer lo que estaba viendo

Nemohol uveriť tomu, čo vidí

Pero su mente tenía curiosidad por otras cosas

ale jeho myseľ bola zvedavá na iné veci

—¿Por qué un cuervo es como un escritorio?

"Prečo je havran ako písací stôl?"

Alicia estaba abierta al reto

Alice bola otvorená výzve

"Me alegro de que hayan empezado a hacer adivinanzas"

"Som rád, že sa začali pýtať hádanky"

—Creo que puedo adivinarlo —añadió en voz alta—

"Verím, že to dokážem uhádnuť," dodala nahlas

La liebre de marzo sintió curiosidad por Alicia

Pochodový zajac začal byť zvedavý na Alicu

"¿De verdad crees que puedes encontrar la respuesta?"

"Naozaj si myslíš, že dokážeš nájsť odpoveď?"

—Creo que puedo encontrar la respuesta —dijo Alicia—

"Myslím, že naozaj nájdem odpoveď," povedala Alica

—Entonces deberías decir lo que quieres decir —prosiguió la liebre de la marcha—

"Potom by si mal povedať, čo myslíš," pokračoval pochodový zajac

—Digo lo que quiero decir —respondió Alicia apresuradamente—

"Hovorím, čo mám na mysli," odpovedala Alice rýchlo

"por lo menos quiero decir lo que digo"

"prinajmenšom myslím vážne, čo hovorím"

"Es lo mismo, ¿sabes?"

"To je to isté, vieš"

El lirón también contribuyó a la conversación

Do rozhovoru prispel aj plch

Pero el lirón parecía estar hablando en sueños

ale zdalo sa, že plch hovorí v spánku

"Respiro cuando duermo"

"Dýcham, keď spím"

"¡Duermo cuando respiro!"

"Spím, keď dýcham!"

"Bien podría decirse que también son lo mismo"

"Mohli by ste tiež povedať, že sú rovnaké"

-A ti te pasa lo mismo -dijo el sombrerero-
"To isté je s tebou," povedal klobúkár
Y echó un poco de té en la nariz del lirón
a nalial trochu čaju na nos pucha
El Lirón sacudió la cabeza con impaciencia
Plch netrpezlivo pokrútil hlavou
Y volvió a hablar el Lirón, sin abrir los ojos
A plch opäť prehovoril, neotvoriac oči
"Por supuesto, por supuesto que es lo mismo"
"Samozrejme, samozrejme, že je to rovnaké"
"eso es justo lo que iba a decir yo mismo"
"To je presne to, čo som chcel povedať sám"

El sombrerero se volvió hacia Alicia y le hizo otra pregunta
Výrobca klobúkov sa otočil k Alice a položil ďalšiu otázku
—¿Ya has adivinado el enigma?
"Už si uhádol hádanku?"
—No, me rindo —concedió Alicia—
"Nie, vzdávam sa," pripustila Alice
"¿Cuál es la respuesta?", quiso saber
"Aká je odpoveď?" chcela vedieť
—No tengo la menor idea —dijo el sombrerero—

"Nemám najmenšiu predstavu," povedal klobúčnik
-Ni yo lo sé -dijo la liebre-
"Ani ja neviem," povedal pochodový zajac
Alicia dio un suspiro de cansancio
Alica si unavene povzdychla
"Hay mejores usos del tiempo que los enigmas sin respuestas"
"Existujú lepšie využitia času ako hádanky bez odpovedí"
-¡Toma un poco más de té! -dijo la liebre a Alicia, muy seriamente-
"Dajte si ešte trochu čaju," povedal pochodový zajac Alici veľmi vážne
Alicia se sintió bastante ofendida por la oferta
Alice bola ponukou dosť urazená
—Todavía no he tomado el té —respondió Alicia—
"Ešte som nepila čaj," odpovedala Alice
"por lo tanto, no puedo tomar más té"
"preto už nemôžem mať žiadny čaj"
—Quieres decir que no puedes tomar menos té —dijo el sombrerero—
"Chceš povedať, že nemôžete mať menej čaju," povedal výrobca klobúkov
"Es muy fácil llevarse más que nada"
"Je veľmi ľahké vziať si viac ako nič"
Al oír esto, Alicia se levantó y se marchó
Na to Alica vstala a odišla
El lirón se durmió al instante
Plch okamžite zaspal
y ninguno de los otros hizo la menor atención de que ella se fuera
a ani jeden z ostatných si ani v najmenšom nevšimol, že odchádza
aunque miró hacia atrás una o dos veces
hoci sa raz alebo dvakrát pozrela späť
Intentaban meter el lirón en la tetera
snažili sa dať plcha do kanvice
-De todos modos, ¡no volveré a ir allí! -dijo Alicia-

"V každom prípade tam už nikdy nepôjdem!" povedala Alica
Y ella caminó su camino a través del bosque
a kráčala lesom
"Esa fue la fiesta del té más estúpida a la que he ido en mi vida"
"To bol najhlúpejší čajový večierok, na akom som kedy bol"
Justo cuando dijo esto, notó algo
Práve keď to povedala, niečo si všimla
Uno de los árboles tenía una puerta que daba directamente a él
Jeden zo stromov mal dvere vedúce priamo do neho
"¡Eso es muy interesante!", pensó
"To je veľmi zaujímavé!" pomyslela si
"Creo que es mejor que pase por la puerta"
"Myslím, že by som mohol prejsť dverami"
Y entró por la puerta
A cez dvere vošla
Una vez más se encontró en el largo pasillo
Opäť sa ocitla v dlhej sále
De nuevo estaba cerca de la mesita de cristal
opäť bola blízko malého skleneného stolíka
Ella tomó la pequeña llave de oro
Vzala malý zlatý kľúč
Y abrió la puerta que daba al jardín
a odomkla dvere, ktoré viedli do záhrady
Luego se puso manos a la obra mordisqueando el hongo
Potom sa pustila do hryzenia huby
Había guardado un trozo de la seta en el bolsillo
Kúsok huby mala vo vrecku
Y, por último, medía alrededor de un metro de altura
a nakoniec bola asi meter vysoká
Luego caminó por el pequeño pasillo
Potom kráčala malou chodbou
Y entonces finalmente se encontró en el hermoso jardín
a potom sa konečne ocitla v krásnej záhrade
y ella estaba entre la flor brillante y las fuentes frescas
a bola medzi jasnými kvetmi a chladnými fontánami

<h1 style="text-align:center">El campo de croquet de la reina</h1>
Kráľovnino kroketové ihrisko

Un gran rosal se alzaba cerca de la entrada del jardín
Pri vchode do záhrady stál veľký ružový strom
Las rosas que crecían en el árbol eran blancas
ruže rastúce na strome boli biele
Pero había tres jardineros pintando la rosa
ale boli tam traja záhradníci, ktorí maľovali ružu
Estaban ocupados pintando las rosas de rojo
Usilovne maľovali ruže na červeno
y Alicia los miraba pintar las rosas de rojo
a Alica sa pozerala, ako maľujú ruže na červeno
y de repente sus ojos se posaron por casualidad en Alicia
a zrazu ich oči padli na Alice
Alicia habló un poco tímidamente
Alica hovorila trochu nesmelo
—¿Podría decírmelo, por favor?
"Mohli by ste mi to povedať, prosím?"
"¿Por qué están pintando todas esas rosas?"
"Prečo všetci maľujete tie ruže?"
Cinco y siete no dijeron nada, pero miraron a dos
päť a sedem nič nepovedali, ale pozreli sa na dvoch
Dos hablaron, en voz baja
dvaja prehovorili tichým hlasom
"Vaya, el hecho es que ya lo ve, señora"
"Veď vidíte, madam"
"Esto de aquí debería haber sido un rosal rojo"
"toto tu mal byť červený ružový strom"
"Y pusimos un rosal blanco por error"
"a omylom sme tam vložili biely ružový strom"
"Como estarás de acuerdo, la Reina no debe enterarse"
"Ako by ste súhlasili, kráľovná to nesmie zistiť"
"De lo contrario, nos cortarían la cabeza a todos"
"inak by sme si všetci odrezali hlavy"
"Así que ya ve, señora, estamos haciendo lo mejor que podemos"
"Takže vidíte, pani, robíme, čo je v našich silách."

La Carta Cinco había estado mirando ansiosamente a través del jardín
Karta päť sa úzkostlivo pozerala cez záhradu
En ese momento, la carta cinco gritó: "¡La reina! ¡La reina!"
V tej chvíli karta päť zavolala: "Kráľovná! Kráľovná!"
Y los tres jardineros se escabulleron al instante
a traja záhradníci okamžite utekali preč
Y se arrojaron de bruces
a vrhli sa na tvár
Se oyó el sonido de muchos pasos
Ozvalo sa veľa krokov
Alicia miró a su alrededor, ansiosa por ver a la reina
Alica sa rozhliadla okolo seba, dychtivá vidieť kráľovnú
Al comienzo de la procesión había diez soldados
Na začiatku sprievodu bolo desať vojakov
Sus manos y pies estaban en las esquinas
ich ruky a nohy boli v rohoch
y en sus manos y pies había garrotes
a v rukách a nohách mali palice
Luego vinieron los diez cortesanos
Nasledovalo desať dvoranov
Los cortesanos estaban adornados con diamantes
dvorania boli všade zdobení diamantmi
Después de los cortesanos venían los hijos reales
Po dvoranoch prišli kráľovské deti
Eran diez los hijos de la realeza
Kráľovských detí bolo desať
y todos los niños reales estaban adornados con corazones
a všetky kráľovské deti boli ozdobené srdiečkami
Luego vinieron los invitados; en su mayoría reyes y reinas
Potom prišli hostia; Väčšinou králi a kráľovné
y entre los reyes y la reina, Alicia vio a alguien
a medzi kráľmi a kráľovnou Alica videla niekoho
Volvió a ver al conejo blanco que había perseguido
znova uvidela bieleho králika, ktorého prenasledovala
La procesión fue seguida por la sota de los corazones
Sprievod nasledoval srdcový kluk

Llevaba la corona del rey
niesol kráľovskú korunu
y la corona del rey estaba sobre un cojín de terciopelo carmesí
a kráľova koruna bola na karmínovom zamatovom vankúši
Y entonces llegó el final de esta gran procesión
a potom prišiel koniec tohto veľkého sprievodu
Y allí, al final, estaban el Rey y la Reina de Corazones
A na konci bol kráľ a srdcová kráľovná
la procesión venía frente a Alicia
sprievod prišiel oproti Alice
Y todos se detuvieron y la miraron
a všetci sa zastavili a pozreli na ňu
Y la reina dijo severamente: "¿Quién es éste?"
a kráľovná sa prísne spýtala: "Kto je to?"
Se lo dijo a la Sota de Corazones
Povedala to srdcovému Knave of Hearts
Pero él se limitó a hacer una reverencia y a sonreír en respuesta
ale on sa len uklonil a usmial sa v odpovedi
Alicia habló muy cortésmente
Alica hovorila veľmi zdvorilo
"Mi nombre es Alicia, así que por favor, su majestad"
"Volám sa Alice, tak prosím Vaše Veličenstvo"
Pero ella tenía otros pensamientos para sí misma
ale mala pre seba iné myšlienky
"¡Después de todo, son solo un mazo de cartas!"
"Koniec koncov, je to len balíček kariet!"
"¿Sabes jugar al croquet?", gritó la reina
"Vieš hrať kroket?" zakričala kráľovná
Era evidente que la pregunta iba dirigida a Alicia
Otázka bola očividne určená pre Alice
-¡Sí! -dijo Alicia en voz alta-
"Áno!" povedala Alica nahlas
—¡Ven a jugar! —rugió la reina—
"Poď sa teda hrať!" zarevala kráľovná
una voz tímida le habló a Alicia

nesmelý hlas prehovoril k Alice
"¡Es un día muy hermoso!"
"Je veľmi pekný deň!"
Caminaba junto al conejo blanco
Kráčala okolo bieleho králika
y el Conejo Blanco la miraba ansiosamente a la cara
a Biely králik jej úzkostlivo pozeral do tváre
—Un día muy bueno —confirmó Alicia—
"Naozaj veľmi pekný deň," potvrdila Alica
—¿Dónde está la duquesa?
"Kde je vojvodkyňa?"
"¡Silencio! ¡Silencio!", dijo el Conejo
"Ticho! Ticho!" povedal Králik
"Está condenada a muerte"
"Je odsúdená na popravu"
—¿Por qué la ejecutan? —preguntó Alicia
"Za čo ju popravujú?" spýtala sa Alice
**—Le ha rayado las orejas a la reina —empezó a decir el
conejo—**
"Odškriabala kráľovnine uši," začal králik
—gritó la Reina con voz de trueno—
Kráľovná zakričala hromovým hlasom
"¡Vayan a sus lugares!"
"Choď na svoje miesta!"
Y la gente empezó a correr en todas direcciones
a ľudia začali pobehovať na všetky strany
y todos tropezaron unos con otros
A všetci sa zrútili proti sebe
Sin embargo, se calmaron en uno o dos minutos
Za minútu alebo dve sa však usadili
Y entonces comenzó el juego
A potom sa hra začala
Alicia nunca había visto un campo de croquet tan curioso
Alica nikdy nevidela také zvláštne kroketové ihrisko
La hierba era todo crestas y surcos
tráva bola samé hrebene a brázdy
Las bolas de croquet eran erizos de verdad

Kroketové lopty boli skutoční ježkovia
y los mazos eran flamencos de verdad
A paličky boli skutočné plameniaky
Y los soldados se pusieron de pie sobre sus manos y sus pies
a vojaci stáli na rukách a nohách
porque los arcos estaban hechos de sus cuerpos
pretože oblúky boli vyrobené z ich tiel
Todos los jugadores jugaron a la vez
Všetci hráči hrali naraz
Nadie esperó su turno
nikto nečakal, kým na nich príde rad
y todos se peleaban con todos
a všetci sa s každým hádali
y todos luchaban por los erizos
a všetci bojovali za ježkov
Pronto la reina se vio presa de una furiosa pasión
čoskoro bola kráľovná v zúrivej vášni
Y empezó a patalear y a gritar
a začala dupať a kričať
"¡Córtale la cabeza!"
"Odseknite mu hlavu!"
"¡Córtale la cabeza!"
"Odsekni jej hlavu!"
"¡Córtale la cabeza a todos!"
"Odseknite im všetky hlavy!"
De nuevo Alicia pensó para sí misma
Alica si opäť pomyslela
"Son terriblemente aficionados a decapitar a la gente aquí"
"Strašne radi tu stínajú hlavy ľuďom"
"¡La gran maravilla es que quede alguien vivo!"
"Veľký zázrak je, že tu zostal niekto nažive!"
Buscaba alguna vía de escape
Hľadala nejaký spôsob úniku
Notó una curiosa apariencia en el aire
Všimla si zvláštny vzhľad vo vzduchu
«Es el gato de Cheshire», se dijo a sí misma
"To je Cheshire-mačka," povedala si

"Ahora tendré a alguien con quien hablar"
"Teraz budem mať s kým hovoriť"
—¿**Cómo te va?** —**preguntó el gato**
"Ako sa ti darí?" spýtala sa mačka
—**No creo que jueguen nada limpio** —**dijo Alicia**—
"Nemyslím si, že hrajú vôbec férovo," povedala Alice
Y tenía un tono bastante quejumbroso
a mala dosť sťažujúci sa tón
"Todos se pelean tan terriblemente"
"Všetci sa tak strašne hádajú"
"Uno no se oye hablar"
"Človek nepočuje hovoriť"
"Y no parecen jugar con ninguna regla"
"A zdá sa, že nehrajú podľa žiadnych pravidiel"
el gato le hizo una pregunta a Alicia en voz baja
mačka položila Alici otázku tichým hlasom
—¿**Qué te parece la reina?**
"Ako sa ti páči kráľovná?"
—**No me gusta nada** —**dijo Alicia**—
"Vôbec ju nemám rada," povedala Alice

Alicia pensó que sería mejor que volviera
Alice si pomyslela, že by sa mohla vrátiť
Quería ver cómo iba el partido
chcela vidieť, ako sa hra vyvíja
Se fue en busca de su erizo
Odišla hľadať svojho ježka
El erizo estaba ocupado luchando contra otro erizo
Ježko bol zaneprázdnený bojom s iným ježkom
Esta fue una excelente oportunidad
Bola to vynikajúca príležitosť
Podía hacer croquet a un erizo con el otro
vedela kroketovať jedného ježka s druhým
Pero su flamenco estaba al otro lado del jardín
ale jej plameniak bol na druhej strane záhrady
El flamenco era bastante torpe
plameniak bol dosť nemotorný
Su flamenco intentaba volar hacia un árbol
Jej plameniak sa pokúšal vyletieť do stromu
Atrapó al flamenco por la pierna
Chytila plamenáka za nohu
Y guardó el flamenco bajo el brazo
a zastrčila si plamenáka pod pazuchu
De esa manera, el flamenco no pudo escapar de nuevo
Takto plameniak nemohol znova utiecť
Justo en ese momento Alicia se encontró con la duquesa
Práve vtedy sa Alice náhodou stretla s vojvodkyňou
La duquesa ya había salido de la cárcel
Vojvodkyňa bola teraz vonku z väzenia
Metió cariñosamente su brazo bajo el brazo de Alicia
Láskyplne zastrčila ruku pod Alicinu pazuchu
Y luego se fueron juntos
a potom spolu odišli
Alicia se alegró mucho de encontrarla de tan buen humor
Alica bola veľmi rada, že ju našla v takej príjemnej povahe
Sin embargo, estaba un poco asustada
Bola však trochu prekvapená
Oyó la voz de la duquesa cerca de su oído

Počula hlas vojvodkyne blízko ucha
"Estás pensando en algo, querida"
"Na niečo myslíš, moja drahá"
"Y eso hace que te olvides de hablar"
"A to spôsobuje, že zabúdate hovoriť"
—El juego va bastante mejor ahora —dijo Alicia—
"Hra teraz prebieha o niečo lepšie," povedala Alice
Era una forma de mantener la conversación
bol to jeden zo spôsobov, ako pokračovať v konverzácii
-Así es -dijo la duquesa-
"Je to naozaj tak," povedala vojvodkyňa
"Y la moraleja de eso es esta:"
"A ponaučenie z toho je toto:"
"¡Es el amor el que lo hace todo!"
"Je to láska, ktorá robí všetko!"
"El amor es lo que hace que el mundo gire"
"Láska je to, čo hýbe svetom"
Alicia tenía otra explicación
Alice mala iné vysvetlenie
**"¡Lo hace todo el mundo ocupándose de sus propios
asuntos!"**
"Robí to tak, že sa každý stará o svoje veci!"
—¡Ah, bueno! Podrías tener razón"
"Ach, dobre! Mohol by si mať pravdu"
-Todo significa lo mismo -dijo la duquesa-
"To všetko znamená takmer to isté," povedala vojvodkyňa
y hundió su afilada barbilla en el hombro de Alicia
a zaborila svoju ostrú bradu do Aliciného ramena
"Y la moraleja de eso es esta"
"a ponaučenie z toho je toto"
"Cuida el sentido"
"Postaraj sa o zmysel"
"Y entonces los sonidos se encargarán de sí mismos"
"A potom sa zvuky postarajú samy o seba"
Pero entonces el brazo de la duquesa empezó a temblar
Ale potom sa vojvodkynina ruka začala triasť
Alicia alzó la vista y allí estaba la reina

Alica zdvihla zrak a tam stála kráľovná
La reina tenía los brazos cruzados
kráľovná mala zložené ruky
¡Y ella fruncía el ceño como una tormenta eléctrica!
a mračila sa ako búrka!
—Te advierto —gritó la reina—
"Varujem ťa," kričala kráľovná
Y pisoteó el suelo mientras hablaba
a pri tom dupala po zemi
"O tu cabeza o la suya deben estar cortadas"
"buď tvoja hlava, alebo jej hlava musí byť odstránená"
"¡Toma tu decisión!"
"Vyber si!"
"Y ser rápido al respecto"
"a buďte v tom rýchli"
La duquesa hizo su elección
Vojvodkyňa sa rozhodla
Y al cabo de un instante la duquesa se fue
a o chvíľu bola vojvodkyňa preč
Entonces la reina le habló a Alicia
Potom kráľovná prehovorila k Alice
"Sigamos con el juego"
"Poďme pokračovať v hre"
Alicia estaba demasiado asustada para decir una palabra
Alica bola príliš vystrašená na to, aby povedala čo i len slovo
Y la siguió lentamente hasta el campo de croquet
a pomaly ju nasledovala späť na kroketové ihrisko
Todo el tiempo la Reina se peleó con los otros jugadores
Kráľovná sa celý čas hádala s ostatnými hráčmi
"¡Córtale la cabeza!"
"Odseknite mu hlavu!"
"¡Córtale la cabeza!"
"Odsekni jej hlavu!"
"¡Córtale la cabeza a todos!"
"Odseknite im všetky hlavy!"
Pronto todos los jugadores estaban bajo custodia
čoskoro boli všetci hráči vo väzbe

solo quedaron el rey, la reina y Alicia
zostali len kráľ, kráľovná a Alica
Entonces la reina se marchó, casi sin aliento
Potom kráľovná odišla, celkom zadýchaná
y se fue con Alicia
a odišla s Alicou
Alicia oyó que el rey decía algo en voz baja
Alica počula kráľa potichu niečo povedať
"Estáis todos perdonados"
"Všetci ste omilostení"
Pero de repente se oyó otro grito
ale zrazu bolo počuť ďalší výkrik
"¡El juicio está comenzando!"
"Proces sa začína!"
y Alicia corrió con los demás
a Alica bežala spolu s ostatnými

¿Quién robó las tartas?

Kto ukradol koláče?

El rey y la reina de corazones estaban sentados

Kráľ a srdcová kráľovná sedeli

estaban en su trono cuando llegó Alicia

boli na svojom tróne, keď prišla Alice

Había una gran multitud reunida a su alrededor

okolo nich sa zhromaždil veľký dav

Había todo tipo de pajaritos y bestias

boli tam všelijaké malé vtáčiky a zvieratá

Y allí estaba toda la baraja de cartas

a bol tam celý balíček kariet

La sota estaba de pie frente a ellos, encadenada

Darebák stál pred nimi, v reťaziach

y había un soldado a cada lado para custodiarlo

a na oboch stranách bol vojak, ktorý ho strážil

cerca del Rey estaba el conejo blanco

blízko kráľa bol biely králik

Tenía una trompeta en una mano

V jednej ruke mal trúbku

y tenía un rollo de pergamino en la otra mano

a v druhej ruke mal zvitok pergamenu

En el centro del patio había una mesa

Uprostred nádvoria bol stôl

Sobre la mesa había un gran plato de tartas

Na stole bola veľká miska koláčov

«Ojalá hicieran el juicio», pensó Alicia

"Priala by som si, aby skúšku dokončili," pomyslela si Alice

—¡Entonces podríamos comer algunos de esos refrescos!

"Potom by sme mohli zjesť nejaké z tých občerstvení!"

El juez, por cierto, era el rey
Sudcom bol mimochodom kráľ
y llevaba su corona sobre su gran peluca
a svoju korunu nosil cez svoju veľkú parochňu
«Ésa es la tribuna del jurado», pensó Alicia
"To je porota," pomyslela si Alica
"Y esas doce criaturas, supongo que son los miembros del jurado"
"a tých dvanásť tvorov, predpokladám, že sú porotcovia"
algunos eran animales y otros eran pájaros
niektoré boli zvieratá a niektoré vtáky
En ese momento el conejo blanco gritó
Práve vtedy vykríkol biely králik
"¡Silencio en la corte!"
"Ticho na súde!"
"¡Heraldo, lee la acusación!", dijo el rey
"Herald, prečítajte si obvinenie!" povedal kráľ
El Conejo Blanco tocó tres veces la trompeta
Biely králik trúbil na trúbku trikrát
Luego desenrolló el rollo de pergamino
Potom rozvinul pergamenový zvitok
Y leyó lo siguiente:
a čítal nasledovné:

"La reina de corazones, hizo unas tartas"
"Srdcová kráľovná urobila nejaké koláče,"
"Todo esto lo hizo en un día de verano"
"To všetko robila v letný deň"
"La sota de los corazones, robó esas tartas"
"Srdcový darebák, ukradol tie koláče"
—¡Y se llevó esas tartas muy lejos!
"A tie koláče vzal ďaleko!"
—Llama al primer testigo —dijo el rey—
"Zavolajte prvého svedka," povedal kráľ
y el conejo blanco tocó tres veces la trompeta
A biely králik trúbil na trúbku trikrát
"¡Traigan al primer testigo!", gritó
"Priveďte prvého svedka!" zavolal
El primer testigo fue el sombrerero
Prvým svedkom bol výrobca klobúkov
Entró con una taza de té en una mano
Vošiel so šálkou v jednej ruke
Y tenía un pedazo de pan con mantequilla en la otra mano
a v druhej ruke mal kúsok chleba s maslom
—Tendrías que haber terminado —dijo el rey—
"Mali ste skončiť," povedal kráľ
—¿Cuándo empezaste?
"Kedy si začal?"
El sombrerero miró a la liebre de marcha
Klobúčnik sa pozrel na pochodového zajaca
La Liebre de Marzo lo había seguido hasta el patio
Pochodový zajac ho nasledoval na nádvorie
Había caminado del brazo del lirón
kráčal ruka v ruke s plchom
—El catorce de marzo, creo que fue —dijo—
"Myslím, že to bolo štrnásteho marca," povedal
—Da tu testimonio —dijo el rey—
"Vypovedajte," povedal kráľ
"Y no te pongas nervioso, o te haré ejecutar en el acto"
"a nebuď nervózny, inak ťa nechám na mieste popraviť"
Esto no pareció animar en absoluto al testigo

Zdá sa, že to svedka vôbec nepovzbudilo
Seguía moviéndose de un pie al otro
stále sa presúval z jednej nohy na druhú
Y miró inquieto a la reina
a nepokojne pozrel na kráľovnú
Y, en su confusión, mordió un gran trozo de su taza de té
a vo svojom zmätku odhryzol zo šálky čaju veľký kus
**En realidad, tenía la intención de morder de su pan y
mantequilla**
v skutočnosti si chcel zahryznúť do chleba a masla
**Justo en ese momento, Alicia sintió una sensación muy
curiosa**
Práve v tejto chvíli Alica pocítila veľmi zvláštny pocit
Empezaba a crecer de nuevo
Začínala sa opäť zväčšovať
Al miserable sombrerero se le cayó la taza de té
Úbohý výrobca klobúkov upustil šálku čaju
y el pan y la mantequilla cayeron al suelo
a chlieb a maslo padli na zem
Y cayó sobre una rodilla
a pokľakol si na jedno koleno
—Soy un pobre hombre, majestad —comenzó—
"Som chudobný človek, Vaše Veličenstvo," začal
—Eres un orador muy malo —dijo el rey—
"Ste veľmi slabý rečník," povedal kráľ
—Puedes irte —dijo el rey—
"Môžeš ísť," povedal kráľ
Y el sombrerero abandonó apresuradamente el patio
a klobučník rýchlo opustil dvor
—¡Llama al próximo testigo! —dijo el rey—
"Zavolajte ďalšieho svedka!" povedal kráľ
El siguiente testigo fue el cocinero de la duquesa
Ďalším svedkom bol kuchár vojvodkyne
Llevaba la caja de pimienta en la mano
V ruke niesla škatuľku od korenia
**Y la gente que estaba cerca de la puerta empezó a estornudar
de repente**

a ľudia pri dverách začali naraz kýchať
—Da tu testimonio —dijo el rey—
"Vypovedajte," povedal kráľ
-No daré ninguna prueba -dijo el cocinero-
"Nebudem svedčiť," povedal kuchár
El rey miró ansiosamente al conejo blanco
Kráľ sa úzkostlivo pozrel na bieleho králika
Y el conejo blanco habló en voz baja
a biely králik prehovoril tichým hlasom
"Su Majestad debe interrogar a este testigo"
"Vaše Veličenstvo musí tohto svedka krížovo vypočuť"
"Bueno, si debo, debo", dijo el rey
"Nuž, ak musím, musím," povedal kráľ
"¿De qué están hechas las tartas?"
"Z čoho sa vyrábajú koláče?"
—Las tartas están hechas de pimienta, en su mayoría —dijo
el cocinero—
"Koláče sa väčšinou robia z korenia," povedal kuchár
Durante algunos minutos, toda la corte estuvo en confusión
Niekoľko minút bol celý dvor zmätený
Con el tiempo, todos se calmaron de nuevo
nakoniec sa všetci opäť usadili
Pero para entonces el cocinero había desaparecido
ale vtedy kuchár zmizol
"¡No importa!", dijo el rey
"Nevadí!" povedal kráľ
"Llamar al estrado al próximo testigo"
"Zavolajte ďalšieho svedka"
Alicia observó al conejo blanco mientras él repasaba a
tientas la lista
Alice sledovala bieleho králika, ako tápa v zozname
Puedes imaginar su sorpresa por lo que escuchó a
continuación
Viete si predstaviť jej prekvapenie z toho, čo počula ďalej
con su vocecita estridente, llamó el nombre de «¡Alicia!»
z plného hrdla svojho prenikavého hlasu zavolal meno
"Alica!"

La evidencia de Alicia

Alicina výpoveď

-¡Aquí! -exclamó Alicia-

"Tu!" zvolala Alica

Se levantó de un salto a toda prisa

Vyskočila vo veľkom zhone

Y volcó el estrado del jurado

a prevrátila porotnú lóžu

y derribó a todos los miembros del jurado

a zrazila všetkých porotcov

y cayeron sobre las cabezas de la muchedumbre de abajo

a padli na hlavy zástupu pod nimi

Alicia estaba muy consternada

Alica bola veľmi zdesená

"¡Oh, le ruego que me perdone!", exclamó

"Ach, prepáčte!" zvolala

—El juicio no puede continuar —dijo el rey—

"Súdny proces nemôže pokračovať," povedal kráľ

"Los miembros del jurado deben volver a ocupar su lugar"

"Porotcovia sa musia vrátiť na svoje správne miesta"

Repitió la orden con gran énfasis

Rozkaz zopakoval s veľkým dôrazom

y miró a Alicia con severidad

a prísne sa pozrel na Alicu

—¿Qué sabe usted de estos acontecimientos? —preguntó el rey a Alicia

"Čo vieš o týchto udalostiach?" spýtal sa kráľ Alice

—No sé nada sobre el tema —dijo Alicia—

"Neviem o tom nič," povedala Alica

Entonces el rey leyó de su libro

Kráľ potom čítal zo svojej knihy

"Regla cuarenta y dos"

"Pravidlo štyridsaťdva"

"Todas las personas que tengan más de una milla de altura deben abandonar el tribunal"

"Všetky osoby vyššie ako míľu majú opustiť súd"

—No mido ni una milla de altura —dijo Alicia—
"Nie som ani na míľu vysoká," povedala Alice
—Casi dos millas de altura —dijo la Reina—
"Takmer dve míle vysoké," povedala kráľovná

—Bueno, me niego a ir —dijo Alicia—
"No, ja odmietam ísť," povedala Alica
El rey palideció
Kráľ zbledol
Y cerró apresuradamente su cuaderno de notas
a rýchlo zavrel svoj zápisník
"Consideren su veredicto", le dijo al jurado
"Zvážte svoj verdikt," povedal porote
Habló en voz baja y temblorosa
Hovoril tichým, trasúcim sa hlasom
Entonces habló el conejo blanco
Potom prehovoril biely králik
"Todavía hay más pruebas por venir"
"Ešte prídu ďalšie dôkazy"
Y se levantó de un salto a toda prisa
a vo veľkom zhone vyskočil
"Este papel acaba de ser recogido"

"Tento papier bol práve vyzdvihnutý"
"Parece ser una carta escrita por el prisionero"
"Zdá sa, že je to list napísaný väzňom"
Desdobló el papel mientras hablaba
Počas rozprávania rozložil papier
"Al fin y al cabo, no es una carta"
"Koniec koncov, nie je to list"
"Lo que era era un conjunto de versos"
"To, čo to bolo, bol súbor veršov"
—Por favor, majestad —dijo el bribón—
"Prosím, Vaše Veličenstvo," povedal darebák
"Yo no escribí esos versos"
"Tie verše som nenapísal"
"y no pueden probar que yo escribí nada"
"a nemôžu dokázať, že som niečo napísal"
"No hay ningún nombre firmado al final"
"Na konci nie je podpísané žiadne meno"
El rey le habló a la sota
Kráľ sa prihovoril darebákovi
"Debes haber tenido la intención de causar algún daño"
"Musel si chcieť spôsobiť nejakú neplechu"
"De lo contrario, habrías firmado con tu nombre como un hombre honrado"
"inak by si sa podpísal ako čestný muž"
Hubo un aplauso general
Ozvalo sa všeobecné tlieskanie rukami
Y el rey se volvió hacia el conejo blanco
A kráľ sa obrátil k bielemu králikovi
—Lee los versos —ordenó—
"Prečítajte si verše," prikázal
Hubo un silencio sepulcral en la corte
Na dvore bolo mŕtve ticho
Y el conejo blanco leyó los versos
A biely králik čítal verše
Me dijeron que habías estado con ella
Povedali mi, že si bol u nej
Y me mencionaron a él

A spomenuli mu mňa
Ella me dio un buen carácter
Dala mi dobrý charakter
Pero ella dijo que yo no sabía nadar
Ale povedala, že neviem plávať
Les mandó decir que yo no había ido
Poslal im správu, že som nešiel
Sabemos que es verdad
Vieme, že je to pravda
Si ella insistiera en el asunto, ¿qué sería de ti?
Ak by mala túto záležitosť presadzovať, čo by sa stalo s vami?
Yo le di uno, ellos le dieron dos
Dal som jej jednu, oni jemu dve
Nos diste tres o más
Dali ste nám tri alebo viac
Todos volvieron de él a ti
Všetci sa od neho vrátili k tebe
aunque antes eran míos
aj keď predtým boli moje
Si yo o ella tuviéramos la oportunidad de serlo
Ak by som mal šancu byť
Si yo o ella estuviéramos involucrados en este asunto
Keby som bol ja alebo ona zapletený do tejto záležitosti
Él confía en ti para liberarlos
Dôveruje ti, že ich oslobodíš
Exactamente como estábamos
Presne takí, akí sme boli
Mi idea era que tú habías sido
Myslel som si, že ste boli
Antes de que ella tuviera este ataque
Predtým, ako dostala tento záchvat
Un obstáculo que se interpuso entre
Prekážka, ktorá sa objavila medzi
A Él, y a nosotros mismos, y a
On a my a to
No le dejes saber que a ella le gustaban más
Nedajte mu najavo, že sa jej páčia najviac

Porque esto debe ser para siempre un secreto, guardado de todos los demás

Lebo to musí byť navždy tajomstvom, utajené pred všetkými ostatnými

Este secreto debe seguir siendo un secreto entre tú y yo

Toto tajomstvo musí zostať tajomstvom medzi tebou a mnou

El rey quedó muy impresionado

Kráľ bol veľmi ohromený

"Esa es la prueba más importante que hemos escuchado hasta ahora"

"To je najdôležitejší dôkaz, aký sme doteraz počuli"

—No creo que esos versos tengan un átomo de significado — objetó Alicia—

"Neverím, že tie verše nesú atóm významu," namietala Alice

el rey tenía su propia opinión al respecto

kráľ mal na túto vec svoj vlastný názor

"Si no hay significado en esas palabras, eso salva un mundo de problemas"

"Ak v týchto slovách nie je žiadny význam, zachráni to svet problémov"

"Entonces no necesitamos tratar de encontrar el significado"

"Potom sa nemusíme snažiť nájsť zmysel"

"Que el jurado considere su veredicto"

"Nech porota zváži svoj verdikt"

-¡No, no! -dijo la reina-

"Nie, nie!" povedala kráľovná

"Primero la sentencia y después el veredicto"

"Najprv odsúdenie, potom rozsudok"

-¡Tonterías y tonterías! -exclamó Alicia en voz alta-

"Veci a nezmysly!" povedala Alice nahlas

"¡Qué tontería es sentenciar al acusado primero!"

"Aké hlúpe je odsúdiť obžalovaného ako prvý!"

—¡Cállate la lengua! —dijo la reina, poniéndose morada—

"Drž jazyk za zubami!" povedala kráľovná a zfialovila

-¡No me callaré! -exclamó Alicia-

"Nebudem držať jazyk za zubami!" povedala Alica

—gritó la Reina a voz en cuello—

Kráľovná zakričala z plného hrdla

"¡Córtale la cabeza!"

"Odseknite jej hlavu!"

Nadie hizo un movimiento

Nikto neurobil pohyb

-¿A quién le importa lo que digas? -dijo Alicia-

"Koho zaujíma, čo hovoríte?" spýtala sa Alica

Para entonces ya había crecido hasta alcanzar su tamaño completo

V tom čase už narástla do svojej plnej veľkosti

"**¡No eres más que un mazo de cartas!**"

"Nie si nič iné ako balíček kariet!"

Al oír esto, todas las cartas se alzaron en el aire

V tom sa všetky karty zdvihli do vzduchu

Y todas las cartas cayeron volando sobre ella

a všetky karty na ňu prileteli
Ella dio un pequeño grito
Trochu vykríkla
Estaba medio asustada, pero también enojada
Bola napoly vystrašená, ale aj nahnevaná
Y trató de quitarse las cartas de encima
a snažila sa bojovať s kartami zo seba
Y entonces se encontró tendida en el banco de hierba
a potom sa ocitla ležať na trávnatom brehu
Su cabeza estaba en el regazo de su hermana
jej hlava bola v lone jej sestry
Algunas hojas muertas habían caído en su cara
na tvári jej pristálo nejaké mŕtve lístie
Y su hermana estaba cepillando suavemente las hojas
a jej sestra jemne odhrnula lístie
-¡Despierta, querida Alicia! -dijo su hermana-
"Zobuď sa, Alenka drahá!" povedala jej sestra
—¡Qué sueño tan largo has tenido!
"Aký dlhý spánok si mal!"
-¡Oh, he tenido un sueño tan curioso! -exclamó Alicia-
"Ach, mala som taký zvláštny sen!" povedala Alica
Y le contó a su hermana todo lo que podía recordar
A povedala svojej sestre všetko, čo si pamätala
todas las extrañas aventuras sobre las que acabas de leer
Všetky tie zvláštne dobrodružstvá, o ktorých ste práve čítali
Alicia se levantó y salió corriendo
Alica vstala a utiekla
Y pensó, mientras corría, en su sueño
a keď bežala, premýšľala o svojom sne
—¡Qué sueño tan maravilloso había sido!
"Aký to bol nádherný sen!"